渡辺 聡子

チェーホフの世界

自由と共苦

人文書院

はじめに

今年（二〇〇四年）は、チェーホフが亡くなってちょうど一〇〇年目に当たる。一八六〇年に生まれ、一九〇四年に没したチェーホフは、日本でいえば、幕末の万延元年から明治三七年まで、ロシアでいえば、農奴制廃止にはじまる大改革の時期（農奴解放令は一八六一年）から、社会進歩をめざす勢力と反動勢力の大きなせめぎあいの中をへて、第一次ロシア革命（一九〇五年）の前夜までを生きたことになる。

「万延元年」ときくと、ずいぶん昔の感じがするし、じっさい、彼が生きた時代と現代とでは、社会も人びとの生活も激しく変化した。しかし、チェーホフの戯曲は、本国ロシアでも日本でも、二一世紀をむかえて新たな関心をよび、時代の節目節目に注目される傾向がある。また、ロシア文学になじみのない学生も、小説を読めば「これは、まるで今の話だ」と言う。

こういうチェーホフの魅力や新しさについて、これまでも多くの人がそれぞれの愛情をこめて、思いや見解を語ってきた。しかし、チェーホフには、どこまでいってもなお汲みつくせないものが残るような気がする。それは、おそらく、人間の心理や人生についての彼のなみはずれた洞察の深さと、それを説明によってではなく、読者の意識の奥を打つかたちで残してゆく独特の方法によるのだろう。

チェーホフが描く人間の姿やせりふは深い印象をのこすが、説明や結論は、すぐには出てこない。作者が現実から汲みとったものは、現実のより鮮明な再現、という以上に作意の感じられないかたちで示され、そこからなにをどう汲みとるかは、実人生におけると同様、経験や状況におうじて変わる余地がある。そして、どこまでいっても、作者と一致したという保証はないのである。

おそらく、車輪の輻《や》が中心にむかって集まるように、さまざまな角度からのアプローチが、これからもなにかを加えながら、チェーホフの世界をゆたかにしていくことだろう。

私自身は、チェーホフを読むことで生きるのが楽になった気がするが、読みながらもっともくり返し考え、もっとも多くを教わったのは、「自由」と「共苦」についてであった。本書では、その視点からチェーホフと作品を見、奥深い不安や人間関係の希薄さがとわれる今、あらためて新鮮なチェーホフを伝えることができたらと思う。

チェーホフが「自由」ということを何よりも大事にしたことは、よく知られている。しかし、その「自由」がどのようなものであったかについては、十分には語られていない。私には、それはなによりも自分の眼をもつことであり、その眼の解放であったと思われる。あくまで自分自身であること、しかし、それだけでなく、ともすればその眼をさえぎる偏見や、自分へのこだわり、あきらめや、妥協、それらをどこまでも排して、世界に向かってしなやかに眼を開くこと、それが、チェーホフの「自由な人間」の条件ではなかったかと思う。そのことを作品のなかに、彼自身の生き方のなかに、見ていきたい。

また、「共苦」ということは、ロシア語ではサストゥラダーニエといい、「サ」が「ともに」、「ストゥラダーニエ」が「苦悩」をあらわしている。ふつう「同情、思いやり、憐れみ、憐憫」といった訳があてられるが、チェーホフの作品では、こうした訳語におさまりきらない深い連帯のニュアンスをおびて、印象的に使われている。本書では、「共苦」について同じように深く考え実践した、フランスの思想家シモーヌ・ヴェーユをあわせ鏡に、チェーホフの「共苦」を考え、囚人の島サハリンへの旅の意味についても、あらためて考えるつもりである。

サハリン後、チェーホフは、モスクワ郊外に領地を購入し、農民のなかで七年間を過ごしている。当時のロシアにおいて、ひとにぎりの貴族を飽食させるために農民がせおった重荷は、理不尽に重かった。彼らの苦悩をまぢかに見て、チェーホフはなにを考え、どのようにふるまったのだろうか。ここでは、領地の農民たちがのこした胸をうつ回想と、彼の農民小説が、多くを語ってくれるだろう。

チェーホフが自由をもとめて大きな世界に出ていったこと、そして「自由」と「共苦」がけっして別々のものではないことも、全体をつうじて明らかにできればと思う。

目次

はじめに…… 1
チェーホフが求めた自由――奴隷から「ほんとうの人間」へ…… 11
家庭とは――兄の結婚、妹のこと…… 29
ユニークな女友だち――『三年』のラッスーヂナとクンダーソヴァ…… 50
囚人の島サハリンへ…… 62
メーリホヴォ村の変わった地主…… 79
チェーホフとシモーヌ・ヴェーユ…… 92
農民の世界から――『谷間』の無垢な娘…… 108

貧しい農婦と使徒ペテロ――『学生』の母娘《ははこ》……125
自由をめぐる三部作――『箱に入った男』『すぐり』『愛について』……138
『犬を連れた奥さん』――「箱」からの解放……164
結婚――大きな人間……184
(付) チェーホフ旦那の思い出(農民の回想)……206
あとがき……243
主な引用文献……245

装幀・渡辺　琴

チェーホフの世界

自由と共苦

チェーホフが求めた自由——奴隷から「ほんとうの人間」へ

1

チェーホフは、本格的に作家として立つ二八歳から二九歳（一八八八—八九年）にかけて、「自由」について、とくべつに熱い思いをこめた発言を残している。

気軽なユーモア短篇作家として出発したチェーホフにとって、一八八八年は記念すべき年になった。二年前に、文壇の長老から才能をみとめる手紙をもらい、保守系の大新聞への寄稿もはじまっていたが、この年は、中篇『曠野』で月刊綜合雑誌にデビューし、そのうえ短編集『たそがれに』でアカデミーから栄えあるプーシキン賞を授与され、社会的にもたしかな実力を認められたのである。

作家としてのあらたな自覚が高まるなかで、彼が、なによりも大切にしたいものとしてかかげたのが、「絶対的な自由」ということだった。「絶対的」と強調される自由とは、どのようなものだろうか。それは、寄稿がはじまった綜合雑誌の編集者にあてた手紙のなかに登場する。

私は、行間に傾向をさがし、私を自由主義者か、保守主義者か、どうしても決めたがる人びとを恐れます。私は自由主義者でも、保守主義者でも、漸進主義者でも、修道士でも、無関心派でもありません。願わくは、自由な芸術家でありたい、ただそれだけです。……私の聖の聖なるもの、それは人間の肉体、健康、知性、才能、霊感、愛、そして絶対的な上にも絶対的な自由、いかなる形のものであれ圧力と嘘というものからの自由です（一八八八・一〇・四）。

ものを書くとき堅持したいもの、それは、人間の絶対的な自由です。暴力的強制や、偏見、無知、そういういまわしいものからの自由、激情等々からの自由です（一八八九・四・九）（傍点渡辺）。

チェーホフは、批評家や読者が、彼をどのグループに属する人間か色分けしようとするのをしりぞけ、私は私であると言い、信奉するものは、「絶対的な自由」以外にないと述べている。見ることにおいても、書くことにおいても、あくまで自分自身でありたいというチェーホフの精神を見ることができるが、ここで、「嘘」や「無知」ということばに、やや意外な感じをうけないだろうか。

「圧力」や「強制」に屈せず、「偏見」をもたないというだけでなく、「無知」や「嘘」、「激情」からも解放されなければ、自由な芸術家、自由な人間にはなれないというのである。

これは、チェーホフにとっての「自由」が、たんに「自分自身であること」にとどまらず、その眼が、どこかにある真実にむかって柔軟に開かれていることをもふくみ、外部からの拘束だけでなく、むしろ内から自分を束縛するものを問題にしていると見て、はじめて納得できるのではないだろうか。列挙されたことばを通して見えてくるのは、ほんとうのことをどこまでも見ていこうという姿勢であり、その眼をさえぎるものとして、「偏見」や「無知」、「嘘」、「激情」等がある。チェーホフは、階級制度や検閲等々、外からの束縛がなくなれば、それだけで人間が自由になれるとは考えていない。むしろ、自らによる内からの解放をこそ問題にしている。

チェーホフの「嘘」は、「嘘をつく」というときの単純な意味にとどまらず、「不自然さ」「作意」「欺瞞」の意味もふくんでいる。引用した最初の発言は、じつは『名の日の祝い』（一八八八）という小説に関わってのものなのだが、作者はこの小説を「全編『嘘』に抗議した作品」と呼んでおり、彼の言う「嘘」の中身がよくわかるのである。

小説の舞台は、夫の「名の日の祝い」（ロシアでは誕生日のかわりに洗礼名をもらった聖人の日を祝う）で、身重な妻が、主婦としてのあいそ笑いや神経をつかう接待に疲れている。客たちの心にもないおせじや空疎な議論、似たような人間同士が「自由主義者」「保守主義者」という看板ゆえに攻撃しあい、人目を意識した夫のパフォーマンスに皆がわく……それらすべてが彼女のいらだちをつのらせ、その夜ついに発作をおこして、赤ん坊を失ってしまうのである。作中、「正直になれば、楽になれるのに」「嘘は自分も、相手も、事実そのものもおとしめる」といったことばがちりばめられ、華やかな集まりのなかの「嘘」が、人びとの関係をそこない、不幸をもたらしているようすがよく伝わってくる。

嘘をまじえず、偏見をしりぞけ、自分はほんとうに知っているのかと問い、恐怖や怒りのとりこにならない……チェーホフの「絶対的な自由」は、たいへんな課題をこなしてはじめて達成できるものだといえよう。このような純度百パーセントの自由と、それ以外に望むものはないという強い希求は、いったいどこから生まれてきたのだろうか。それは、自分を「奴隷」と感じた彼の生い立ちをぬきにしては語れないと思う。

ここに、チェーホフと「自由」を語る人がかならず言及する、もうひとつの手紙がある。「絶対的な自由」にこめられたチェーホフの思いを知るために、私もかっこうの道案内として引用したい。

彼はまず、作家がよい作品を書くには、ふんだんな素材と才能のほかに、「成熟」と「自由な個の感覚」（原文イタリック）がどうしても必要で、その感覚を自分は最近やっと手にしたと述べ、こう続けている。

> 貴族の作家が生まれながらに持っているものを、雑階級出身者は、青春を代償にして購うのです。こんな話を書いてみてはどうでしょう。

農奴の息子で、店番をし、教会の聖歌隊で歌い、中等学校《ギムナジウム》から大学へすすんだ男の話です。上のものには服従し、聖職者の手にくちづけし、人の思想を崇めるよう育てられ、パンの一切れごとに感謝し、しょっちゅう笞で打たれ、オーバーシューズもはかず家庭教師をして歩き、けんかをし、生き物をいじめ、金持ちの親戚の家でごちそうにありつくのを楽しみにし、自分はとるに足りない者だと思うばかりに、神の前でも人の前でも不必要に自分を装ってきた、そんな若者が、体のなかから奴隷の血を一滴一滴しぼり出し、ある朝めざめてみると、血管を流れているのが、もはや奴隷の血ではなく、ほんとうの人間の血であることに気づくという話を（一八八九・一・七）。

フィクションの体裁をかりているが、ここにもりこまれた内容が、チェーホフの伝記的事実とほぼ一致していることは、多くの証言によってたしかめられている。農奴出身の父親のもとで、肉体的、精神的につよい拘束をうけて育った若者が、晴れて自己を肯定できる日までの葛藤が、「体の中から奴隷の血を一滴一滴しぼり出す」というはげしいことばで表現され、自立の朝のすがすがしさや、まだどこかに残る傷の疼きとともに、若い日のチェーホフをつたえる貴重な資料になっている。抑圧された子ども時代については、今までもいろいろな所で紹介されているが、ここでは、その体験がどのように「絶対的な自由」に結実していったかをたどるために、「奴隷」の苦悩が伝わってくるエピソードを中心に見ていこう。

2

チェーホフの子ども時代は、厳格な父親の一方的支配下にあった前半と、破産による生活の激変によっていきなり自立を迫られた後半の、ふたつの時期に大きく分かれる。「私には子ども時代がなかった」とチェーホフはたびたび口にしているが、ふたつの時期は、それぞれの意味で彼から「子どもの時間」をうばっている。

アントン少年、つまりチェーホフは、一八六〇年、南ロシア、アゾフ海沿岸のタガンローグという港町に、食料雑貨店の三男として生まれている。上にアレクサンドルとニコライというふたりの兄、下に妹マリヤと弟イワン、ミハイルがいた（もうひとりいた妹は、幼くして亡くなっている）。もともと農奴の家系だったが、父方の祖父はめずらしく読み書きができ、才覚があって、農奴解放令（一八六一年）の二〇年も前に、自力で家族と自分の自由身分を買い取っている。父親も読み書きを習い、努力のすえ大金をためて自分の店をもつという、勉強の力を知っている根性のある血筋でもあった。

父親は子どもたちを愛していたが、自分がたたきこまれた刻苦勉励と絶対服従を、子どもたちにも笞で教えこもうとした。そのころの悲惨なエピソードは、長兄アレクサンドルの回想にくわしいが、妹マリヤと弟たちは、「チェーホフ家の粗暴な父と不幸な子どもたち」のイメージが定着する

家族の写真。後列左から２人目がアントン

のを憂え、兄の話は脚色がすぎると、一家の名誉のために印象をやわらげようとしている。しかし、弟ミハイルでさえ、「比較的厳しい日課」と「当時としては当たり前だった体罰」はみとめており、マリヤも、父親自身の過酷な生い立ちや親としての愛情に注意をうながしつつ、「暴君」の側面があったことは否定していない。同じ兄弟でも年長の三人と、女の子のマリヤ、小さい弟たちとでは、父親の厳しさもおのずとちがったという面もあるだろう。「子ども時代がなかった」というチェーホフの記憶は、あきらかに兄のアレクサンドル寄りといえよう。

チェーホフは先の引用で、子ども時代をいうとき、まず「店番」と「聖歌隊」をあげている。アレクサンドルによれば、アントン少年は、中等学校《ギムナジウム》の一年生（九歳）のころから、よく店番をさせられたという。父親は丁稚奉公の少年たちを信用せず、自分が店をあけるときは、家族の誰かをかならず監視役に残していこうとしたのである。店は朝の五時から夜の一一時まで開いているのに、父親はしょっちゅう外出し、お鉢は、おとなしくてまじめなアントンによくまわってきた。少年の涙は父親には通じず、冬はインクが凍るほど寒い店で、買物客や、一杯やりにくる仲買人たちに応対しながら、宿題をかかえて座っていなければならず、悪い点をとれば、またしかられたという。これらの描写に誇張がまじっているとしても、彼が三年生（一二歳）と五年生（一五歳）で二度も落第しているのを見ると、この仕事が宿題をする時間も気力もうばったというアレクサンドルの話は、かなり信憑性をおびてくる。

もうひとつの「聖歌隊」の思い出については、チェーホフ自身が、自分を「小さな徒刑囚」のように思ったと、一度ならず語っている。なみはずれて信心ぶかく、教会の荘重な儀式や聖歌にしんそこ魅せられていた父親は、聖職者からバイオリンと歌と楽譜の読み方を教わっており、アマチュア聖歌隊を作ってあちこちの教会をまわっていた。一時は正式な聖歌指揮者をつとめたこともあるという。彼は息子たちもメンバーに組み入れ、夜明け前であろうと夜であろうと、彼らを引きつれて勤行に参加し、おまけに家での練習もおこたらなかったから、チェーホフ家の子どもたちにとって日曜日や祭日は、睡眠不足のうえ何時間も立ちっぱなしという、つらい日になった。

アレクサンドルは、とりわけいまわしかった思い出として、父親が復活大祭前のお偉方《えらがた》も参列する勤行で、聞かせどころの三重唱を息子たちにやらせたときのことを記している。それは教会の中央で歌うもので、むすびの一節ではかならず跪《ひざまず》かねばならず、はきつぶして穴のあいた靴底を人目にさらすことになった。チェーホフ自身もこのときのことはよく憶えていて、「みんなが僕らをうっとり眺め、両親をうらやましがっていたとき、僕らの方は、自分を小さな徒刑囚のように感じていた」と書いている。父親は、聖歌隊を、子どもにたいするなによりの宗教教育で、体の鍛練にもなると信じきっていたが、子どもにとっては、肉体的にも精神的にも、まさに苦役にほかならなかったのである。

弟ミハイルは「それでも自由に楽しむ時間はあった」といい、それはうそではないにしても、聖歌隊や店番以外の拘束もそうとう厳しかったように見える。妹マリヤの回想にも「日課は父が決め、やぶれば折檻された」という記述がある。少年時代に一三歳のアントンといっしょに聖歌隊で歌ったことのあるエフィーミエフという人は、折檻の現場を目撃して、次のような回想を残している。

ある日、ふたりが聖歌隊で歌っていると、お祈りに来た人がアントンの手に二〇コペイカ玉をおしこんだ。少年たちはおもわぬ幸運に、帰り道さっそく「ギリシャ風バクラヴァ」（ナッツと蜂蜜を段状にはさんだ甘くてずっしりした焼き菓子）を買って食べたという。こういうところは、アントンもごくふつうの男の子でうれしくなるが、ふたりは、バクラヴァが祭日に食べてはいけない非精進食である（バターや卵が入っている）ことを、すっかり忘れていた。おまけに「昼の鐘の一五〜二〇分後に家族全員がそろって父を迎えるべし」というチェーホフ家のきまりも、鐘の音さえも意識の外だったというから、さぞかし楽しくおいしいひとときを過ごしたにちがいないが、アントンが家のなかに消えるとすぐ悲鳴がきこえ、のぞくと、折檻されている少年とかばおうとしている母親が見えたという。

「朝起きると、きょうは笞で打たれるだろうかと思ったものだ」と、のちにチェーホフは語っている。父親は、自分がさだめた日課やものものしい儀式に（パンの一切れごとに感謝するのもそのひとつか）家族を従わせる一方、「上のもの」にたいしては自分も身を低くし、相手が警官なら、気になっている膏薬代も請求できなかったという。チェーホフは、「専制主義と嘘が、僕らの子ども時代を、思い出すのもおそろしく、やりきれないくらい歪めた」とも書いているが、のびのびと無邪気であるべき子ども時代に、ほんとうの意義によってではなく、暴力によってしたがわされ、ひたすら服従を教えこまれたこと、上下関係のうえに成り立つ秩序と強圧的なやり方しか知らなかった父親の不幸、それらを見つめるなかで、「強制」や「嘘」や「無知」ということばがチェーホフのなかで「自由」とむすびついていったのではないだろうか。

3

チェーホフが一六歳になったとき、父親は破産し、手形金不払いによる裁判所への召喚と投獄をおそれて、上の息子ふたりが勉強しているモスクワに逃れる。母親と妹弟たちもやがてあとを追い、住んでいた家は、信用していた知り合いになかばだまし取られる形になった。当初家の管理の問題もあって、ひとり残っていたアントンは、今や新しい家主となった知り合いの甥の勉強をみるということで一隅をあてがわれ、卒業までの三年間を居候のように過ごすことになった。

モスクワの母親からは、困窮を訴える泣き言にみちた手紙がたびたび届き、少年は負債のかたにとられた残りのがらくた家具や台所用品まで売り、いくつか家庭教師の口をみつけて、わずかな金額でも送金している。この一変した生活について、チェーホフ自身はくわしく語っておらず、当時の手紙も大半が失われて、本人に聞くことができないが、ドゥロッシという仲のよかった友達は、彼が三年間「貧乏につきまとわれた」ことを回想している。アントン少年は、道がぬかるむ秋になっても、オーバーシューズなしで町の一番端にある家庭教師先へ歩いてゆき、泥で汚れた穴あき靴を、テーブルの下にかくすようにして教えていたという。

弟ミハイルによれば、アントンがモスクワの家族に送ってくる手紙は、いつもおどけたものだったというが、母親に、家主の料理番とけんかをしないよう、さとされていることや、親戚が彼の「空腹」を母親につげたというので、怒っていることなどを見ても、父親に支配されたこれまでとはまたちがう、貧困と他人の中での苦労が始まったことがうかがわれる。

のちに書かれた『大騒動』（一八八六）という小説には、住み込みの家庭教師をしている若い娘が、あらぬ盗みの疑いをかけられ、屈辱と憤りに胸をふるわせて邸を出てゆく話が書かれているが、そのなかに「金持ちや有名人の家で食べさせてもらっている、従属した、口答えのできない人間にはおなじみの感情を、あますところなく味わわなければならなかった」ということばがあり、居候時代の自尊心の疼きをかいまみる思いがする。

しかし、そうした苦労のなかで、チェーホフが弱音をはかず、親を助けて卒業まで頑張りぬくことができたのは、ひとえに彼のけなげさと見られがちだが、私は、この家族があってこそではなかったかと、今思っている。今回、当時の父親の手紙をいくつか読んで、父親についても家族の関係についても、認識を大きくあらためるところがあった。

一家を見舞った危機は、今の日本でリストラや不況の直撃をうけている家族の場合と似ているかもしれない。父親は、店も、家も、これまでに築いた財産のすべてを失った。タガンローグでなら、多少の金は用立ててくれる知り合いもあっただろうが、伝手《つて》のないモスクワの生活は想像をこえて厳しかった。就職は決まらず、子どもたちを学校にもやれず、「金のない者への世間の冷たさ」をいやというほど味わわなければならなかった。一家は半地下のひと部屋にかたまって寝、暖炉を焚く薪にもことかいて、ニコライが荷橇からくすねてきたこともあったという。不名誉な逃亡と知り合いの裏切りにくわえて、父親は、家長の自負も威厳もくだかれたのである。

ここで、私にとって意外だったのは、彼が今までの「暴君」のイメージをやぶり、じつに率直に妻に頭をさげ、息子に苦しい胸のうちを打ち明けていることである。モスクワに逃れたあと、妻が困った立場におかれたことを知ると、「わしのせいでお前がつらい思いをし、他人の侮辱や陰口にたえねばならないのを思うと胸がいたむ」と書き、皆を呼び寄せたあとも、自分の稼ぎがほとんどないなかでの妻の苦労をよく理解している。また、アントンが、今の窮状は、両親がなにをおいても子どもに教育をつけ、自分たちより少しでもましな生活をさせようと、すべてを犠牲にしたためだと思うと書いて送ったときは、「そう思ってくれるなら、まだ生きる希望がある」と感激し、「お前たちの父親は怠け者ではない、自分の働きで家族を養いたいんだ」「モスクワへ来たのは、許しがたい誤りだった」と、悲痛な思いを訴えてもいる。「家長」の説教調は根強く残っているとしても、遠くはなれて暮らす息子への愛情や感謝は、まっすぐ伝わってくる。

父からも母からも「何とか金を作って送ってほしい」「もっと家庭教師の口をさがしてくれ」と催促されるのは、自分の学費も稼がなければならない一六、七の少年にとって背負いきれない要求だったにちがいないが、こうした率直な思いが通じればこそ、彼もさまざまな思いをおして踏んばり、わずか一ルーブルでも、手に入れば送ろうとしたのではないだろうか。自分の学費がとどこおりがちな兄たちもなにがしかは家に入れ、アレクサンドルはひとりで頑張っているアントンをせめてクリスマス休暇に呼んでやろうと、一五ルーブルという旅費を工面して送っている。ふたりの兄と父の間はうまくいかず、兄たちにも大した責任感はなく、母は心優しいだけに苦労におしつぶされ、たがいに腹をたてたり、へきえきもしているが、それぞれに愛情があって、こういう家族のアンサンブルのなかでこそのアントンではなかっただろうか。

一家の没落と、困りはてた父親が弱味をみせ、アントンを頼りにするようになったこと、そしてなによりもひとりの生活は、一方で彼の精神的な自立をうながし、急速におとなへと成長させずに

中等学校卒業のころのチェーホフ

はおかなかった。牧原純氏は著書『チェーホフ巡礼』（晩成書房、二〇〇三年）のなかで、「店番と合唱隊から解放された〈自由と孤独のこの三年間〉に、未来の作家アントン・チェーホフの〈きびしさ〉の原点がある、と私は思う」と述べているが、私にも、この三年間のひとり暮しの意味は大きかったと思われる。友だちが「おとなしい目立たない少年だった」というアントンは、この間にしっかりした青年の顔になっている。貧困や空腹のつらさ、自尊心の疼きは大きかったはずだが、そのなかで大いに読書もし、自分を客観的に見つめるいとなみが始まっている。弟ミハイルにあてたつぎの手紙は、その一端をうかがわせてくれる。

どうして「とるに足りないしがない弟より」なんて書くんだ。自分のつまらなさを自覚するとしたら、どこですべきか、知ってるかい？　神様の前で、それからおそらく知性や美や自然の前で。でも、人の前でではないよ。人の中にいるときは、自分の尊厳を自覚しなくては（一八七九・四・六頃）。

自分を恥じる必要はない、人間にはおなじ尊厳があるはずだという思いが、一九歳のチェーホフの中にできあがっている。また、この手紙で、アメリカの黒人奴隷をえがいた『アンクル・トムの小屋』に涙したというミハイルに、「僕も以前に読み、半年前にも研究のために読んだが、干しぶどうを食べすぎたときのような不快感をおぼえた」（傍点渡辺）と書き、『ドン・キホーテ』を読めとすすめている。前年の一八七八年に、彼はタガンローグの市立図書館から二九九冊の本を借り出している。そのなかには、四〇年代を代表する非貴族出身の批評家ベリンスキイの全作品や、『現代人』『祖国雑記』といったまじめな雑誌のセットもあり、この時期、猛烈に、かつ系統的に読書したことがわかる。新しい知識によって眼がひらかれていく喜びも知ったことだろう。そうしたなかでの『アンクル・トムの小屋』の再読は、「奴隷」をめぐる彼自身の真剣な「研究」にかかわっていた可能性が高い。作品にいだいた反感は、おそらく、トムをはじめとするできすぎた人間や、善悪の類型的な人物の配置によって、キリストの愛こそがすべてを救うと呼びかけるこの小説が、葛藤する彼の心には甘すぎたためだろう。

なにかを頭で理解することと、ほんとうに人間が変わることの間には、いつも開きがあるが、弟に「自分を卑下するな」と書いたチェーホフも、彼自身が、自分の中の「奴隷の血をしぼり出す」までには、さらに一〇年の年月を必要としている。「青春を代償にして購う」という表現は、チェーホフにとって誇張ではなかったのである。貴族の若者は、階級制度に支えられて、最初から自分を無邪気に一定の高みに置くことができるが、「農奴の息子」は、自力で自分の「高さ」を検証していかなくてはならない。

4

モスクワ大学医学部に入ったチェーホフは、生活のために軽い読み物を寄稿し始め、やがて「アントーシャ・チェホンテ」のペンネームは、ユーモア新聞雑誌の常連となる。しかし、当時そうした小出版と一流紙誌とのあいだには完全な棲みわけがあり、ペンネームで滑稽な小品を書く者は、まともな作家とはみなされなかった。チェーホフ自身、アルバイト的に書いていたこともあり、一方でその評価にあまんじつつ、一方では自負と反発をいだいていた。モスクワで「文学クラブ」をつくって仲間うちでかたまっている文士たちについて、その狭量さや偏見、中身のない文学談義を、しばしば反感をもって語っている。のちに「うぐいすが大きな樹で鳴いても、低いしげみで鳴いても、おなじではないでしょうか。もっとも大きな雑誌と安い新聞とのちがいは量的なものにすぎず、芸術家の観点からは、なんら重みをおくにも、気にするにも値しないように思われます」(一八八八・一・一八)と述べているのが興味深い。

「小さな徒刑囚」のころ、居候の三年間、「低いしげみ」の時代と、つねに「低い」位置で生きながら自分をたしかめてきた彼の心には、複雑なものがあったのである。

それだけに、一八八六年のある日、文壇の長老グリゴローヴィチから、「あなたにはほんものの

（原文イタリック）才能がある」「あなたは、いくつかの素晴らしい、真に芸術的な作品を書くべき使命をになった人だ」という手紙がとどいたことは、自分しか恃《たの》むもののなかったチェーホフにとって、なにものにもかえがたい励ましとなった。

「お手紙は、稲妻のように私をうち」「泣きださんばかりに感動させ」「魂に深い痕跡をのこしました」と、興奮おさえがたく礼状をしたためている。そして、この手紙が彼の「自愛」にとってどんなに大きな意味をもったか、もし「文学クラブ」に手紙をもっていって見せれば、その場で笑い者にされるにちがいないが、彼自身、そうした評価に影響されてきたと、打ち明けてもいる。グリゴローヴィチの手紙は、「低いしげみで」ユーモア短篇をつぎからつぎへと書きながら、自分の価値を問うていたチェーホフにとって、どこかで求めていた他者による確認にほかならなかったのである。

時期をおなじくして、当時もっとも有力だった保守系新聞『新時代』に招聘され、冒頭にのべた一八八八年の綜合雑誌へのデビュー、プーシキン賞、そして「ほんとうの人間」宣言へとつながる。チェーホフの自己肯定は、このような過程をへて獲得されたものであり、ほかにも外からはうかがえない葛藤があっただろうことを思うと、「一滴一滴しぼり出す」という表現もまた、彼にとってけっして誇張ではなかったといえよう。

さまざまな桎梏から大きく解放されて、「自由な個」を身の内におぼえたとき、チェーホフは、それを「ほんとうの人間」と呼んでいる。「ある朝めざめてみると、血管を流れているのがもはや奴隷の血ではなく、ほんとうの人間の血であることに気づく」という一節には、自由と自立と自愛を一体のものとして知った、なにものにもかえがたい喜びがある。

「ほんとうの人間」は、外部から押しつけられる基準にたいし、それとつき合わせることのできる自分の眼を持ち、「大きな樹でも、低いしげみでも、うぐいすはうぐいす、人間は人間」と言うことができる。思いあがりからも卑屈からも解放された眼で、世界にむかいあうことができるのである。

チェーホフにとって「絶対的な自由」は、「ほんとうの人間」でありつづけるための方法だったといえよう。「強制」「嘘」「偏見」「無知」「激情」……これらはすべて、くもりを排して人やものごとの真実を見るためのじつに有効な指標である。

「奴隷」から「ほんとうの人間」まで、この原点となる体験をぬきにしては、チェーホフのその後のやさしさも、また強さも語れないように思う。

家庭とは――兄の結婚、妹のこと

1

チェーホフの家庭論や家族にたいする態度を見ていると、時代に抜きんでた意識の新しさに驚かされることがある。彼がいかに支配と服従に敏感であったか、「奴隷」からの解放がいかに徹底したものであったかを、あらためて感じさせられるのである。家庭という、もっとも甘えの出やすい、ある意味でもっとも利害のぶつかる場では、自由の信奉者も利己主義者になりがちだが、チェーホフが、男性という立場にも、強力な家父長制のもとにあった時代の風潮にも眼をくもらされず、女性や子どもをひとりの人間として見、家庭における支配関係をみとめなかったことは、注目すべきことではないだろうか。彼自身の結婚は遅かったが、若いころから、家庭については一家言あったようである。当時の彼の考え方がうかがえる興味ぶかい手紙が、ふたつある。どちらも長兄アレクサンドルの結婚をめぐっての発言で、ひとつは再婚の相談を受けたとき、もうひとつは再婚後の兄の家庭を訪れたときのものである。

一八八八年の夏、チェーホフは母や妹たちと、ウクライナに借りた避暑用の別荘で過ごしていた（別荘暮らしはかならずしもぜいたくではなく、五月から九月までの四ヶ月を物価の安い田舎で暮らすことは、経費の節約でもあった）。そこへ、妻を病気で失くしたばかりのアレクサンドルが、今後の相談もあってやってくる。彼は、家主のリントヴァリョーフ家の庭でもよおされた手品に飛び入りして座をおおいにわかせるなど、屋敷の人びとにきわめてよい印象を与えた。そのなかで、家主の娘との再婚を考えたのである。

リントヴァリョーフ家の人びとは、どことなく『ヴァーニャおじさん』や『三人姉妹』の登場人物にその面影が感じられる貴族の一家で、娘三人のうち上のふたりは、まじめでもの静かな女医、三女はロシア最初の女子大となったペテルブルグのベストゥージェフ女子高等課程の出身で、『資本論』を読み、邸内に子どものための学校をひらいて活発に活動していた。ほかにおとなしい長男とピアニストの次男というふたりの息子があり、母親もまた、ショーペンハウエルを読み、リベラルな雑誌に毎号たんねんに目を通すというインテリ家族だった。チェーホフは、「研究に値する一家だ」と興味をもち、彼らの誠実な人柄を気に入っている。

アレクサンドルが注目した二女のエレーナは、チェーホフの観察によれば、おとなしくてこのうえなく誠実、やや苦労性なところがあって、病人を診るたびに心をいため、不治の病に出会うと、医学の責任を一身に背負って落ち込んでいたという。領地経営にも通じ、内心つよく結婚生活に憧れているらしかったが、器量にはめぐまれず、三〇歳近いそのときまで独身だった。チェーホフは手紙のなかで、みんなが大きな邸で楽器や歌を楽しんでいる夕暮れどきに、彼女がひとり、暗い並木道を「閉じ込められた動物のように、落ち着きなく行きつ戻りつする」孤独な姿を書きとめている。

エレーナ自身は、アレクサンドルを「なみの人ではない」と気に入ったようすで、チェーホフの母もこの話にたいそう乗り気だったというから、チェーホフに反対の気持ちがなければ、結婚は成立していたかもしれない。

彼はまず、アレクサンドルが別荘にいるあいだに書いたエレーナ宛ての封書を破り、宛名人に渡さなかった。怒って発っていった兄に「酔ってふざけて書いたようにみえたし、まじめに話すことがあるなんて思えなかった」と弁明しているが、ほんとうは確信犯だったと思われる。なにしろアレクサンドルの妻の死から、まだ二週間もたっていないときの話である。

二ヶ月後、アレクサンドルはあらためて弟に手紙を書き、「自分のことはおくとしても、子どもたちのために」エレーナにプロポーズしたいと思うがどうだろう、と率直な意見を求めている。チェーホフは、他人の愛情問題には口をはさまない主義だがと断りつつ、アレクサンドルの願望がもっぱら男の身勝手によるものであることを、ずばりと指摘している。

まず第一に、兄さんは純度八四の偽善者だ。こう書いているね。「疲れきって帰ったとき、家族や音楽、愛撫ややさしい言葉がほしい云々」と。……でも、それは、たとえ相手が申し分ない女性であったとしても、出あいがしらに結婚して得られるものではなく、愛があってこそ（原文イタリック）得られるものだろう。愛がなければ、愛撫もなにもない。でも今のところ、愛はないし、あるはずがない。だって兄さんは彼女のことを、月の住人のことほども知らないんだから。……それに、新しい奥さんに、自分が生んだのでもない子どもを、やさしく愛でつつんでくれと要求するのは、その人をたえがたく居心地の悪い、欺瞞的な状態に置くことになる。僕は兄さんが、子守やつき添い看護婦がいるというだけの理由で、自由な女性と結婚したがっているとまでは思いたくない。……エレーナ・ミハイロヴナについて言えば、彼女は医者で、財産があり、自由で自立した教養のある人で、ものごとにたいしても自分の意見を持っている。……愛がないとしたら、どうしてこういう人があたたかい古巣をすて、知りもしない男と暮らすためにツンドラまで赴く必要があるだろう。自伝や涙によって彼女の心を動かすことはできない。幼い子どもたちをだしにしてもしかり。なぜなら彼女は彼女、子どもたちは子どもたちだから。……つまるところ、兄さんは、なにがなんでも結婚して、彼女を子どもたちのお守として強奪したいという以上にまじめな思いは持っていないし、彼女は、兄さんのことを愛していない。なにせ、ふたりはまだ、鐘の音とせっけんのかけらくらい遠い間柄なんだから（一八八八・八・二八）。

「音楽」や「愛撫」といった美しいことばでくるまれたアレクサンドルの願望が、もっぱらエレーナの気立てのよさをあてにしたもので、彼女自身の自由や独立はまったく顧みられていないことを、チェーホフははっきり見てとっている。まま母と子どもの関係に虫のよい期待をいだかないリアリストでもある。女性は、結婚すればひたすら家族に奉仕してくれるものというアレクサンドルの期待は、当時としてはむしろふつうだったと思われるだけに、甘えのないチェーホフの明快さと、エレーナの自立にたいする敬意は新鮮にうつる。

チェーホフは、なによりも愛がないのが欺瞞的だと言っている。エレーナを知り、彼女の愛を獲得するために、もう一度別荘に来てゆっくり滞在することを勧め、「その上での結婚なら持参金だって（二〇コペイカ）つけてもいいが、当面は全力をあげて、ふたりのようなよい人たちが、ぐあいの悪い状況に陥らないようがんばる」と言い、「母さんのいらぬおせっかい」を心配している。

チェーホフは、このプロポーズが、エレーナにたいして失礼なものにならざるをえないこと、また、酒がはいると自制心をうしなう兄の弱さなども考え、このまま結婚にいたれば、不幸な事態はさけがたいと懸念したのだろう。エレーナが、仕事をすて、アレクサンドルと結婚してなお自由でありうるとすれば、それはアレクサンドルや子どもたちを熱烈に愛して、自らそれを選びとった場合でしかないが、ふたりはまだ「鐘の音」と「せっけんのかけら」の間柄なのである。エレーナの気持ちが動く可能性は十分にあったが、チェーホフは「彼女は兄さんのことを愛していない」と、兄を牽制している。

リントヴァリョーフ家の屋敷

「結婚は愛にのみもとづくべきだ」――それが、チェーホフの若いころからの信念だった。アレクサンドルの最初の結婚が、教会を通さずに同棲する「市民結婚」で（妻が前夫と離婚する際、その申立を審理した宗教裁判所から、一生再婚はあいならぬと言いわたされていた）、信心ぶかい父の不興をかったときも、愛しあって結婚したのなら毅然としているべきで、「盗んできた西瓜」を抱えているみたいに、人の顔色をうかがう必要はないと言っている。彼が晩年に女優のオリガ・クニッペルと、当時としてはユニークな別居結婚をした、形にとらわれない考え方は、すでにこのころからあったのである。

チェーホフの返事を受けとったアレクサンドルは、「この話はおしまい。偽善者という非難をのぞけば、お前の言ったことは全面的に正しい」と、あっさりみとめている。正攻法で批判する弟と、軽く流してこだわらない兄の関係が、ふたりの違いをあらわしていて面白い。しかし、どうやら、アレクサンドルが納得したのは、エレーナはしかるべき相手ではないということだけだったらしい。弟からみれば邪道でも、彼は結婚を急ぐ必要があったのである。ほどなく見つけたパートナー（正式の結婚は翌年）は、次兄ニコライのかつての同棲相手の姉（あるいは妹？）で、チェーホフもよく知っている人だった。チェーホフは暮れに新家庭を訪れるが、妻や召使いにたいする兄の態度に憤慨して早々に引きあげる。年が明けてから書いた長い手紙が、彼の家庭観をよくあらわしている。

天上のか地上のか知らないが、いったいどんな権威が、兄さんに、彼女たちを奴隷あつかいしていいと認めたんだ。つまらないことで四六時中ののしったり、どなったり、食事にわがままな文句をつけて、やれ徒刑囚なみの生活だとか、呪いたいような仕事だとか、際限なく愚痴をこぼして。……これは粗暴な専制主義というものじゃないか。……教養があって、女性を尊重し愛している人間なら、無作法な姿で小間使いの前に現われたり、大声でしびんのことなど口にできないはずだ。……人間の生活において、環境や小さなことが、どんなに恐ろしい教育効果をもつか、思いだしてみればわかるだろう。……子どもは神聖で清らかなものだ。大人がどんなに堕落していても、子どもだけは天使の位にふさわしい空気でつつんでやらなくては。子どもの前ではしたないことばをはいたり、召し使いを侮辱したり、N・A（同棲相手）に「どこへでもとっとと消え失せろ、とめはせん」などと意地の悪いことを言ったり、自分の感情にまかせて彼らをもてあそんではならない。気分しだいでやさしくくちづけしたかと思うと、足をはげしく踏みならして威すのは暴君の愛であって、それなら憎しみのほうがはるかに誠実だ。……相手の性格や愚かさはいいわけにならない。N・Aや料理番や子どもたちは、無力で弱い存在じゃないか。彼らは兄さんにたいして何もできないが、兄さんの方は、いつでも彼らを追い出したり、その弱さを好きなように嘲笑える立場にある。でも、自分の権力を相手に感じさせるというのは、してはならないことだろう。僕はできる範囲で介入したが、悪かったとは思っていない（一八八九・一・二）（傍点渡辺）。

書かれた情景を思い浮かべると、結婚しなかったエレーナを思わず祝福したくなるような手紙である。チェーホフの見るところ、アレクサンドルは一家に君臨する家長であり、感情のままにみんなをふりまわしている。生計を担う苦労と身の不遇をさんざん嘆いて、家族に負い目を感じさせ、やさしくしたかと思うと、ののしって萎縮させ、人前をはばからない暴言や無作法なふるまいで、居心地の悪い思いをさせる……そんな家庭の空気が、チェーホフには耐えがたかったものと思われる。日常の光景であっても、横暴な家長と、抵抗するすべを持たず、その顔色をうかがっている家族のようすに、チェーホフは、「専制主義」や「奴隷」の姿を見ている。「暴君の愛より憎しみのほうがはるかに誠実だ」ということばは、チェーホフの激しく鋭い一面を感じさせる。どんな場面であれ、支配と従属の関係が人間の精神にもたらす歪みや、気づかぬところで侵されている尊厳に、チェーホフはこのうえなく敏感だった。「僕はほんらい激しい、かっとなる性格だが、抑えることをおぼえた」と後年妻に語っているが、ここには兄の家庭に「かっとなった」チェーホフがいる。そして新年早々、「おめでとう」と始めたものの全面的な批判に移る長い手紙を書かずにいられなかったのは、それが、彼自身の子ども時代と重なったからでもあった。手紙には、こんなことも書かれている。

専制主義と嘘が、母さんの若いころを台無しにしたことを思い出してほしい。専制主義と嘘が、僕らの子ども時代を思い出すのもおそろしく、やりきれないくらい歪めたじゃないか。父さんが昔食事のときに、スープの塩が効きすぎていると言って荒れ狂ったり、母さんをばかもの呼ばわりしたときの恐怖といまわしさを思い出してほしい。……そのことを父さんは今、自分に許せないでいるんだ。

家庭のなかでの女と子どもの立場の弱さ、そこで感じなければならない抑圧と屈辱感が、チェーホフのなかに刻み込まれていたのである。家庭は、おなじ人間としての愛でむすばれた場所でなければならず、支配と従属の関係が入りこんではならない、家族のあいだに優劣があるとすれば、子どもにたいする大人の配慮のように、成熟と未熟の違いでしかない——そうチェーホフは考えていたようにみえる。

のちに回想記『我が人生におけるチェーホフ』を書き、チェーホフとの間の秘められた恋を語った作家リヂヤ・アヴィーロヴァは、こんな話を伝えている。あるとき彼女が、書こうという志はあっても、すべての力を家庭に吸いとられ、自分というものがだんだんなくなってゆくと言うと、チェーホフは、「それはわが国の家庭があるべき姿からはずれ、女性が依存し、従属しているからです。おっしゃることは、よくわかります。あなたはそれをこそ書かなければ。自分を殺すのではなく、個人としての自分とその尊厳を大事にすべきです。家族があなたを滅ぼすものであってはなりません」と熱をこめて語ったという。

この発言が、文字どおりのものであったとすれば、本質をついた明快さと異性への理解の深さが、どんなに彼女を励ましたことだろう。アヴィーロヴァの回想記自体をフィクションと見る見方もあるが、それについては小野理子氏の『ロシアの愛と苦悩』（人文書院、一九九〇年）に、内容を信じる立場からの詳しい論証があり、私も信用する立場に立っている。この発言についても、さきに引いた手紙との間にあきらかな一貫性があり、「奴隷」の血を克服したチェーホフならではのことばのように思われる。人妻だったアヴィーロヴァとの恋は成就しなかったが、チェーホフの考える家庭は、愛のみで結ばれ、女性も自分を殺すことのない家庭でなければならなかったのである。

ひるがえって、私たちの社会をみると、女性の地位が大きく向上したとはいえ、なお経済的自立の困難さやドメスティック・ヴァイオレンスのようなゆゆしい問題があり、結婚相手になにを求めるかという調査などを見ても、ほんとうに自立した人間同士としてたがいに愛しあい、尊重しあうのは、容易でないことがよくわかる。チェーホフを見ていると、これは、時代のちがいや男か女かの問題である以上に、ひとりひとりが、人間としてどれだけ解放されているかにかかっているのではないかという気がしてくる。

余談になるが、チェーホフには、二六歳のころ結婚を申し込んだ「彼女」がいたらしい。友人への手紙に「きのう、あるお嬢さんを家まで送っていくとちゅう、プロポーズしました」（一八八六・一・一八）と書いている。ロシアの研究では、「お嬢さん」は、妹マリヤの友人のエヴドキヤ・エフロスとみなされている。この話は、彼女がユダヤ人で、結婚するには改宗の必要があったため、けっきょく実現しなかった。チェーホフは数日後の手紙に、彼女はひどく短気な人で、「宗教がじゃまをすると腹をたて、僕の机の鉛筆や写真を折ってしまいます」と書いている。けんかもよくしているようすだが、若いチェーホフがもしこの人と結婚していたら、どんな夫、どんな父親になっていたことか、想像してみると面白い。

チェーホフの家庭観、女性論をいうなら、当然、晩年のオリガ・クニッペルとの結婚にふれなければならないが、それはまだまだ先の話なので、ここではしばらく措くことにしよう。

2

チェーホフは、兄弟妹のなかの紅一点マリヤ（末の妹エヴゲニヤは、二歳たらずで亡くなっている）にたいしては、どんな兄だったのだろうか。チェーホフ家の兄弟妹には、それぞれ父から受けついだ芸術的な才能があったが、性格の強さはだれもが備えていたわけではなかった。長兄アレクサンドルと次兄ニコライは、自分を律する強さに欠けて、文才や絵の才能を充分にいかすことができなかった。この点、チェーホフより三歳年下のマリヤは、絵の才能とともに理知的でしっかりした性格をもち、兄弟妹のなかでは一番チェーホフに似ていたのではないかと思われる。

彼女の回想記『遠い過去から』によると、一三歳で母や弟とともにモスクワに出てきて以来、彼女は「甘やかされた少女時代」を卒業し、気落ちした母にかわって、一家の主婦役をつとめるようになったという。父の就職はなかなかきまらず、母が寝こむたびに家事を引き受け、わずかでも家計の足しにしようと、毛糸でショールを編んで売ることもあったらしい。けなげで根性があるのは、タガンローグに残ったアントン少年だけではなかったとみえる。

モスクワに出てしばらくの間、食べるにもことかく生活のなかで、彼女と二歳年下のミハイルは中等学校《ギムナジウム》に通うことができなかった。そこでふたりは、驚いたことに、子どもの身で学校にかけあい、一家の事情を説明して、生徒として受け入れてもらえるよう交渉したのである。ミハイルは自力の交渉に成功、学費は、いとこの職場に来ていた商人が、ミハイル少年を見込んで出してくれることになった。マリヤの方はギリシャ正教系の学校へ入ろうと、モスクワ府主教にまでかけあったが、うまくいかず、勉学への復帰は大幅に遅れた。しかし、これもしばらくして、父の知り合いのタガンローグの商人が学費を引き受けてくれることになり、晴れてフィラレトフ女子神学校に入ることができた。

二年後、チェーホフが中等学校《ギムナジウム》を終えてモスクワに出てくると、一家の生活はじょじょに上向いていく。彼は月二五ルーブルのタガンローグ市奨学金を獲得していたし、下宿人も連れてきた。また大学での勉強のかたわら、ユーモア短篇を投稿するようになり、その原稿料も家計を助けてくれた。上の兄ふたりは独立して暮らしており、父は月三〇ルーブルのつつましい給料で、商店に住み込みの帳簿係の仕事を得ていたから、しぜんチェーホフが一家の中心になっていった。彼が財政をひきうけ、マリヤが日常生活をととのえるという協力体制が、このころからできていったようである。マリヤは兄のよき協力者だったが、チェーホフもまた、妹の一番の理解者となり、彼女の自立を一貫して支援している。

女子神学校を卒業した後、マリヤはゲリエ女子高等課程で勉強したいという夢を持つ。最初は美術の道にすすもうとしたのだが、美術学校へは空きがなくて入れなかったのである。当時、女子にたいして大学の門戸は閉ざされていたが、娘たちの熱い願いに応えて、進歩的な教授たちが女子高等課程を開設し、さまざまな分野の講義を組織して受講生を受け入れていた。なかでもペテルブルグのベストゥージェフ、モスクワのゲリエ両高等課程は、男子の大学に匹敵する高い教育水準で女子教育の発展に大きな役割を果たしていたのである。

女子神学校でさえ、他人に学費を出してもらって修了したマリヤにとって、年間の授業料五〇ルーブル、登録者が年に平均一六〇人というこの高等課程に進むことは、周囲の眼にはぜいたくと映ったかもしれない。しかし、相談をうけたチェーホフは、自分もまだ学生で、ユーモア短篇の執筆料も安かったが、授業料を引き受けて妹の進学を応援している。当時雑誌の編集出版者レイキンに出した手紙には「ペテルブルグへ行く約束をしていたが、文無しになったので撤回する。別荘費用に五〇ルーブル、僕の学費に二五ルーブル、妹の学費にもおなじだけ……」と書かれており、けっして楽な出費ではなかったことがわかる。彼には、教育の大切さと、それへの要求が男女を問わない自然なものであることが理解できたのである。そのころの手紙で、兄のアレクサンドルがマリヤをいつまでも子ども扱いするのを非難しながら、「僕は家族にたいして神経質すぎ、粗野で不公正でさえあるけど、マリヤが兄さんたちに言わないことを言ってくるのは、たぶん、僕が彼女の中に『かわいい妹』だけでなく、『人間』を見ているからだと思う」と言っている。妹への支援が生来のやさしさだけではなかっただろうと思うのは、こういうことばを見るときである。自分のなかに「人間」を見い出したチェーホフは、妹のなかにも「人間」を見ることができたのである。

こういう兄をもったマリヤは幸運だった。のちに妻となるオリガ・クニッペルは、ドイツ系技師の家庭の「お嬢さん」として育てられた娘時代、女子高等課程の話を聞くことさえ、厳しい父によって遮られている。

マリヤは、三年間ゲリエで学んだことによって、学問の第一線にたつ教授たちの講義を聴き、知的で元気な女友達をたくさん得ただけでなく（それは兄であるチェーホフにも華やかで活気にみちた交流をもたらした）、中等教育の教師の資格を得て、私立ルジェフスカヤ女学校の歴史と地理の教師になることができた。もしも彼女が女子神学校だけで終っていたら、「家庭教師《ナスタヴニツァ》」の資格しかないところだった。当時の新聞をめくっていると、この「家庭教師《ナスタヴニツァ》」の求職広告が毎日のように出ていて、「金メダルで卒業」「どの教科でも可」「推薦状あり」など、それぞれ自己アピールにつとめている。しかし、これでひとつひとつ約束をとり、まとまった収入を得るのは、さぞ大変なことであったろうと思われる。マリヤが自立できたのは、彼女自身の情熱と、「女の勉強」に偏見をもたなかった兄の支援があってこそといえよう。

チェーホフが、自立の必要性と女性ゆえの困難をよく知っていたことは、その後の妹へのかかわり方からも感じられる。彼は、一八九〇年にひとりシベリアを馬車で横断し、当時囚人の流刑植民地だったサハリン島を調査して、インド洋まわりで帰るという大旅行をしている。何年も前から喀血も始まっており、この旅が大きなリスクをはらんでいたことは

娘時代のマリヤ

チェーホフ自身承知のうえで、出かける六日前に出版者スヴォーリンにあてて、「船の沈没とか、その種のなにかが起こったときは、今私がもっているものと、将来もつことができるもののすべては、妹のものになるということを憶えておいてください。僕の負債も彼女が払います」と記している。旅の費用はスヴォーリンの『新時代』社からの前借りだったが、将来入るはずの作品収入もあったのである。チェーホフは、経済的になんとかなるはずの兄弟たち（末弟ミハイルもちょうど大学を出たところだった）にではなく、女性としての不安定さをかかえたマリヤに（勤めていた女学校では資金不足で給料不払いのときがあり、チェーホフは経営者を非難している）、すこしでも経済的な基盤を遺そうとしているようにみえる。もっとも、両親を託す点でもマリヤが一番あてになるという面もあっただろうが。このパターンはその後二度くり返されている。一度目は、七年間をすごした領地メーリホヴォを売却するとき、二度目は、遺言をしたためたとき。

サハリンから帰ったチェーホフは、一八九二年にモスクワ郊外のメーリホヴォに土地を買い、田舎に移り住む。ふだんはチェーホフと両親と使用人（料理番と小間使いと外まわりの担当）の生活で、ミハイルがときどき訪れ、モスクワで働いているマリヤは、週末と長い休暇をいっしょに過した。この時期、家族が力を合わせて庭園や菜園、心地よい住まい作りに精をだし、大勢の客を迎えている。

六年目の一八九八年に父が急死したとき、チェーホフ自身も前年の大喀血で南への転地療養を迫られており、メーリホヴォをどうするかということになった。チェーホフはこのとき、完全にマリヤと母の選択にまかせたが、二転三転して売却が決まると、マリヤにたいして、「値段は一万五千ルーブル以上にして、一万五千を僕に、のこりはお前がとるように。なにしろメーリホヴォがここまでになったのは主にお前の功績だから、この報酬をもらう完全な権利がある（購入は一万三千ルーブルだったが、「なんともいえない代物」が七年間で見違えるようによい領地になったので、当初は三万ルーブルで交渉しようという話もあった）」と言っている。そしてほんとうに、売却後マリヤの取り分として五千ルーブルを銀行に預けたことを告げ、それが彼女のものであることを証明する書類を送るから大事にとっておくように、と書き送っている。

彼はまたおなじころ、ペテルブルクの有名な出版者マルクスに過去と将来の全作品（戯曲は除く）の版権を譲渡する契約を結び、自分に何かあったときの家族の財政的基盤をととのえようとしている。版権七万五千ルーブルは、周囲がこぞって再交渉をすすめる不当な金額だったが、彼としては、三分の一をクリミア半島の保養地ヤルタへの移住費用に当て、残りを銀行に預けて、その利子と戯曲収入で安定した生活費を保証しようとしたのである。それまで出版を委ねてきたスヴォーリンの会社の仕事のずさんさには業を煮やしており、その点きちんとしたマルクス社に委ねれば、今後いっさい煩雑な仕事から解放されるという利点もあった。マリヤ宛ての手紙には「マルクス社は、戯曲収入にたいする権利を僕の生存中に限ると言ったが、僕は相続人にひきつがれることを主張した」「自分と相続人が煩わしくなるようなことはすべて意識的に遠ざけようとしている」といったことばがみられる。

マリヤへの五千ルーブルについても、将来をにらんでまとまったものを渡しておきたい気持ちが一方にあったかもしれないが、彼女が取るべき当然の報酬ということばにも、いつわりはなかったと思う。チェーホフの手紙には、マリヤの留守がつづくと家のなかが情けないありさまになることや、チェーホフの外国旅行中に、彼女がメーリホヴォの家を修繕して、あたらしい暖炉を作り、家中を塗りかえ、暖かく気持ちのいい住まいにしたことなどが記されている。五千ルーブルは「やさしい家長のプレゼント」ではなく、彼が家庭における女性の労働を正当に評価する視点を持ち合わせていたということだろう。

チェーホフのヤルタへの移住が決まったとき、マリヤは、自分もヤルタで女学校の仕事を見つけて、兄の療養生活を助けようとした。チェーホフはその職さがしに協力しつつも、モスクワを捨ててしまっては悔いがのこらないかと、熟考をうながしている。

モスクワに二ヶ月くらいは行けるような形で、こちらに移ることはできないのかな。モスクワなしでは退屈するだろうし、自分をしばる必要もない。女学校の仕事はやめてしまって、絵に専念する手もあるね。もし僕の本にかかわる雑務をひき受けてくれるなら、月四〇ルーブルを払うが、それでも僕にとってはとくになるだろう。……お前がしたいと思うようにするのが一番だ(一八九九・一・九)。

この段階ではまだ、マルクス社との契約は本決まりになっていなかった。チェーホフは出版関係の雑務に悩まされていたが、妹が犠牲になることは望まず、自分の心に忠実であるよう勧めている。演劇や音楽、友人たちに囲まれたモスクワとは比べるべくもないヤルタ暮らしの単調さは、彼自身が身にしみて感じているところだった。本の仕事なら、ときどきモスクワへ出る機会もあるだろうが、その場合もきちんと報酬を払おうとしているところが目をひく。仲のよい兄妹でも、労働は労働として評価しようとしたのである。マリヤはこの提案におおいに乗り気だったが、けっきょく、マルクス社との契約によって雑務は解消し、仕事の必要そのものが消えた。最終的にマリヤはモスクワに教師として残り、母がヤルタでチェーホフと暮らすことになった。

チェーホフが最後に妹にいきとどいた配慮をみせたのは、結婚の直後、遺言をしたためたときである。この遺言はチェーホフの死後、妻のオリガによって届けられたが、マリヤ宛ての手紙の形をとっている。

いとしいマーシャ（マリヤの愛称）、ヤルタの別荘（彼と母親が住んでいた家）と現金と戯曲の収入は生涯お前のものであり、妻オリガには、グルズフの別荘（ヤルタの海岸にあとから買った小さな別荘）と五千ルーブルを遺す。不動産は売りたければ売ってもかまわない。アレクサンドルに三千ルーブル、イヴァンに五千ルーブル、ミハイルに三千ルーブル、アレクセイ（母方のいとこ）に千ルーブル、エレーナ（父方のいとこ）がもし結婚しないなら、千ルーブルをわけてやりなさい（一九〇一・八・三）。

女優として活躍していた妻には、それほど経済的な心配はなかった（オリガは結婚後も自分の収入で生活している）。チェーホフは、充分ではない教師の収入で母とともに遺される妹のほうに、手厚く遺産をのこしている。この遺言が書かれるにあたっては、本書の最終章でふれることになるデリケートな経過があったが、それはひとまずおき、いとこエレーナへの配慮をみても、女性が人に依存せず生きていくことの大変さをよく知っていた人であったといえよう。

マリヤはこの兄を助けることに生きがいを感じ、結婚しなかった。兄も結婚しないものと信じていたので、チェーホフが晩年に突然オリガ・クニッペルと結婚したときは、大きな衝撃をうけている。回想記『遠い過去から』は、彼女が最晩年に口述筆記でのこしたものだが、そのなかで、一度結婚を決心したことがあると語っている。そのときチェーホフは彼女の報告に沈黙をもって応え、それを見た彼女は、兄はこの結婚をのぞんでいない、私にそばにいてほしいのだが、そうとは言えずに困っているのだと感じ、悩んだあげく、兄の方を選んだという。

彼女の言うとおりであるとすれば、チェーホフは、沈黙によって妹の結婚を妨げたことになる。この件についいては、チェーホフの側に裏づけとなる資料がなく、数ヶ月後の手紙につぎのようなことばが見られる。

妹は結婚しませんでした。ただ、手紙のやりとりはして、ロマンスは続いているもようです。どういうことかさっぱりわかりません。でも、どうやら今回も彼女の方から断ったようです。これは本心から結婚というものを望まない唯一の娘といえます（一八九二・一〇・一八）。

チェーホフはほんとうに「さっぱりわからなかった」のか、マリヤのいう「沈黙」はあったのかなかったのか、あることはあったが、マリヤが考えたような理由ではなかったのか、いろいろに想像することはできるが、「沈黙」の真偽をたしかめる術がない以上、いずれにしても推測の域をでない。なにか新しい材料に出会うまで、判断は保留にしておこう。

チェーホフのなかにもさまざまな面があっただろうが、今なお新鮮な家庭論や、女性の自由、自立にたいする態度をみるとき、「奴隷」からの解放は、我が身の問題にとどまらず、すべての人間におなじ尊厳をみる絶対的平等の観点に至っていることを感じさせられる。

ユニークな女友だち——『三年』のラッスーヂナとクンダーソヴァ

1

チェーホフの後期の中篇に、才能があって独立心が強く、誰にも束縛されまいとして、かえって不自由になっている興味深い女性が登場する。『三年』（一八九五）のラッスーヂナである。

小説は、モスクワの裕福な商人のあとつぎのラープチェフ（三四歳）という男が、田舎の医者の娘に一方的な恋をし、結婚をしてからの三年間を描いたものである。相手のユリヤは、ラープチェフに愛は感じなかったが、このプロポーズを断れば、彼の人生も自分の人生もだめにしてしまうような気がして、受けいれる。彼女自身、わびしく単調な田舎の暮らしや気づまりな父との生活から、新しい世界へのがれたかったのである。

最初から後悔まじりの、たがいに気まずい感じで始まった結婚生活だったが、三年の月日は、ふたりに大きな変化をもたらす。内気な田舎の娘だったユリヤは、モスクワの生活にすっかりなじみ、生まれた子をジフテリアでなくすという悲しみもへて、今や、美しく成熟した堂々たる主婦になっている。彼女は義父や店のことにも気を配り、いつしかラープチェフに愛をいだいている自分を発見する。

一方のラープチェフは、くるおしい恋心も、愛なしに彼と結婚した妻への屈折した思いも遠のき、愛などあってもなくてもおなじことではなかったかと思い始めている。彼は裕福で、じゅうぶんな教育を受けているが、昔から何をしても自分に自信がもてなかった。それを、祖父の代まで農奴だった血筋と、父親に虐げられた幼年時代のせいにして、つねに「臆病な良心」に悩まされ、父親の商売にも、莫大な財産にもなじめずにきた。しかし今は、判断を保留し、自分の人生にゆっくり向かい合おうとしている。

ラッスーヂナは、そんなラープチェフがユリヤと結婚するまでの一年半、同棲していた女性なのである。三〇歳の彼女は、一度結婚したものの、夫とはもうずいぶん前から別居し、今は音楽の個人レッスンと、四重奏に加わるなどして、かろうじて自活している。ゲリエ女子高等課程と高等音楽院に学んだ彼女は、知性を重んじ、音楽を愛し、男の支配を断固拒否するプライドの高い女性で、誰に対しても歯に衣きせずものをいう。百万長者のラープチェフと同棲しても、男の庇護は受けたくないと、お茶代ひとつ出させなかった。愛と金銭を混同するのはもってのほかなのである。ラッスーヂナという姓は、「論理的にはっきりさせる」「結論を出す」という意味の「ラッスヂーチ」という動詞からきており、理性の勝った、断定的な言い方をする彼女をよく表わしている。ラープチェフは自分でも、なぜこの瘠せて疲れ切った、身なりもろくに調えられない女性に魅力を感じるのかふしぎに思いつつ、彼女にはよほど「内面的な力」があるのだと感嘆している。

結婚後はじめてふたりがコンサート会場で顔をあわせたとき、ラッスーヂナはつとめて平静をよそおうが、彼女のつましい部屋までいくと、ラープチェフの結婚を打算にみちたものだと、口をきわめて非難する。つまり、ユリヤは金目当てで、ラープチェフは肉体の美しさと若さに目がくらんだだけであり、それに気づいていないのが腹立たしいというのである。彼女は傷ついた自分の心はかくし、もっぱらラープチェフに見る目がないと非難する。しかしほんとうは耐えきれないほどつらいのであり、いざ彼が帰ろうとすると、ひしとすがりついて泣き、そのまま失神してしまう。

ラープチェフは帰る道々、これほど欲得ぬきで彼を愛し、事実上妻でもあった彼女となぜ結婚しなかったのか、なぜ別の幸福に目がくらんで、この賢く、誇り高い、疲れ切った人にやすらぎとすみかを与えなかったのかと後悔する。しかし次の日にはもう、ラッスーヂナの方から、彼が貸した本と書いた手紙、写真の全てが送り返され、「これでおしまい」というメモが添えられていた。しばらくしてラープチェフ家に姿を現わした彼女は、彼の喜びようをしりめに、今からすぐ、除籍されそうな貧乏学生のために学費を納めに行ってほしい、金持ちならそのくらいのことはしてもよかろうと、事務的な口調で要求するのである。

この、とびきりのプライドをもち、生活にへとへとになりつつ、弱さや悲しみをかくして、仕事に人助けに走り回るユニークな女性のモデルが誰かは、よく知られている。発表当時から少なからぬ人が、ラープチェフの父親にチェーホフ自身の父親を、ラッスーヂナのなかにオリガ・クンダーソヴァという女性を見ていた。それにたいしチェーホフは、父は大商人になれる器ではなく、クンダーソヴァは家庭をもったことがないと反論しているが、表面的な類似の否定にすぎず、説得力がない。妹マリヤは、クンダーソヴァをモデルと見たひとりである。

クンダーソヴァは、マリヤがゲリエ女子高等課程で仲よくなった友だちで、チェーホフ家につどう娘たちのなかでも、ひときわ個性的な存在だった。マリヤの回想によれば、流行の女らしい腰当てつきの服などは、「羊の臀部の脂肪つき」と笑い飛ばしていたという。熱中しやすく、机を叩いて大笑いしたり、足を踏みならす癖があり、絵や音楽が大好きで、慈善事業にも熱心だったらしい。

クンダーソヴァ

残された写真を見ると、カール気のない髪をまんなかから分けてうしろで引っつめ、力のある輝く目がひたとこちらに向けられている。いわゆる美人のつくりではないが、マリヤが「きれいな人だった」というのは、内からみなぎる生気と表情の美しさがあったのだろう。むやみに人を褒めないマリヤが、「思いやりがあって嘘がつけない彼女が好きで、尊敬していました」と、心のこもった書きようをしているのが印象的である。また、「とても才能のある人でしたが、なぜかふさわしい場所に身を置くことができませんでした」と、不運を惜しむことばもある。

彼女の人となりを伝える資料としては、もうひとつ、世界的に有名な歌手シャリヤーピンの娘イリーナの回想がある。クンダーソヴァは『三年』が書かれた数年後、チェーホフを介してシャリヤーピンと知り合い、一〇歳ほど年下のこの音楽家の熱烈なファン兼よき友人となったのである。

イリーナの見方もマリヤとおなじで、「とても気持ちのいい外貌と独特の流儀をもった、このうえなくユニークな人」で「並々ならぬユーモアをそなえ」、「かなり人騒がせな客ではありましたが、しばらく姿を見せないと、みんな彼女のことが恋しくなるのでした」と記している。フランス語と英語に堪能で、当時としてはめずらしく高等教育機関をふたつも終えて、モスクワの文学、音楽関係者、学者のあいだでは知らぬものがなかった、ともある。小説のラッスーヂナと同様、クンダーソヴァはゲリエのほかに高等音楽院を出ていたのだろうか。

小説のなかで貧乏学生の学費の支払いを要求するラッスーヂナの口調が、クンダーソヴァの口調そのままだったことは、彼女を知る政治活動家マクラコーフが証言しており、彼女のチェーホフ宛ての手紙にも、それはうかがわれる。ほかにも「黒い服に幅広のベルト」というラッスーヂナの服装は、マリヤが伝えるクンダーソヴァの日頃のいでたちそのままであり、彼女の存在なくして『三年』のラッスーヂナ像が生まれえなかったことは、疑えない。

2

クンダーソヴァとチェーホフの関係には、自由をめぐって興味深いものがある。ふたりが知り合うのは一八八四年だが、九〇年のサハリン旅行の際、彼女は、マリヤたち家族が見送りをすませた後も汽船に乗り込み、しばらくチェーホフといっしょにヴォルガを下ってみんなを驚かせた。チェーホフがどこまで行くのかと聞くと、要領をえない返事をして、いつもの哄笑と足踏みでごまかしたという。マリヤによれば、以前からチェーホフに好意を寄せていて、マリヤの英語教師を買って出たのも、ひんぱんにチェーホフ家を訪れたいがためだったというから、サハリンまでもついて行きたかったのか、あるいは、チェーホフが誰にも明かさなかったサハリン旅行のほんとうの理由を、どうしても聞き出したかったのか……。

チェーホフはサハリンで囚人の聞きとり調査をすることになるが、その方法をダーウィンに学んだふしがある。彼が船から家族に出した手紙に、「フランス製の地図とダーウィンの『ビーグル号航海記』をクンダーソヴァに渡してほしい」とあるのは、もしかすると、サハリンをめぐる熱心なやりとりを通じてクンダーソヴァが引き出した、小さな成果だったのかもしれない。これから始まるチェーホフの旅は、ビーグル号世界周航のように、インド洋まわりの世界一周になるはずであり、「地図」というのは、フランスの地理学者アンヴィルによるタタール海峡の地図で、チェーホフが旅の準備の参考にしたものであったから。

この船旅のあと、チェーホフは、クンダーソヴァにおおいに興味をもち、「感嘆すべき天文学者」が手紙にひんぱんに登場するようになる。彼女は数学が専門だったが、一時モスクワ天文台につとめたことがあり、チェーホフはもっぱら「天文学者」と呼んでいたのである。やはり彼女のファンだった『新時代』の社主スヴォーリンとの間で話題にすることが多かった。チェーホフは、彼女のとっぴな言動をおもしろがりつつ、その知性には一目おき、共感を抱いていたらしい。

社会進化論的立場に立つ動物学者ワグネルと彼女の論争を聞いたときは、「僕の感じでは、彼女にくらべたら、学者先生はまるで小僧っ子ですね。彼女にはみごとなロジックときわめて健全な知性があります。ただ、後部に舵がないので、自分でも行き先を見失ってしまいます」と述べ、一八九二年にメーリホヴォの領地に移った直後には、「クンダーソヴァに会えたら、天使に会えたみたいに、実に実にうれしいでしょう。もし僕がもう少し金持ちなら、彼女のために中二階つきの離れを別に建てるのですが」とも書いている。

『三年』のラープチェフが、ピアノも置けない小さな部屋に住むラッスーヂナに、すみかと安らぎを与えたいと願うのは、おなじように、語学の個人レッスンをかけもちして暮らすクンダーソヴァへの、チェーホフ自身の気持ちだったのかもしれない。こまぎれの仕事で稼ぐ苦労と、独立と誇りを死守しようとする心は、かつてチェーホフ自身のものであったから。男ながら、彼は、クンダーソヴァの苦労と志を一番理解できる人間でもあったといえよう。

チェーホフは、彼女が数学者ソフィア・コヴァレーフスカヤの死に際して、ふかく悲しんだこと、もっと本格的な勉強をしたがっていたことを書きとめている。彼女の内に、世界的な業績をあげたこの大先輩への尊敬と憧れ、ひそかに我もまたと恃む気持ちがあったとしてもふしぎではない。

クンダーソヴァより一五歳年上のコヴァレーフスカヤは、一八六〇年代に青春を迎えている。農奴解放がもたらした新しい空気と社会運動の高揚のなかで、女性の間にも高等教育を求める気運が高まり、向学心にもえる娘たちは、ロシアを出て、より自由な外国の大学で学ぼうとした。コヴァレーフスカヤは、当時娘たちが親権の束縛を逃れるためにもちいた、理解ある男性との偽装結婚という方法で国外に出、ベルリンで解析学の世界的権威ヴァイエルシュトラスをたずね、個人的な弟子にしてもらう。そこで優れた業績をあげ、異例の措置で学位を与えられた彼女は、ちょうどクンダーソヴァたちがゲリエで学んでいたころ、ストックホルム大学に招かれ、女性として欧州初の大学教授になる。しかし風邪がもとで、一八九一年、四一歳の若さで亡くなったのである。

彼女の活躍は、類いまれな才能だけでなく、経済的基盤と同志と運にめぐまれたこともあるだろう。クンダーソヴァにも、多くの人がみとめる才能があり、ふたつの高等教育を受けたということは、それなりの経済的基盤があったはずなのだが、二八歳のころ、精神的、経済的に大きな危機におちいっている。このとき、誰よりもねばりづよく援助の方法をさぐったのが、ほかならぬチェーホフだった。

天文学者が生活に困っています。ふけて、瘠せて、目の下にくまをつくって、いらいらして……かわいそうに、自分を恃《たの》むことができなくなっています。これが一番ゆゆしいことです。……彼女を助けようといろいろやってみましたが、ことごとくあの恐るべきプライドにぶちあたって、砕けてしまいました（一八九三・一一・一一）。

彼女を彼女たらしめている「自分を恃《たの》む心」がくずれていることを、チェーホフは何より憂慮している。前年の夏くらいから、チェーホフが彼女を語る際の気軽な調子が変わり、彼が携わっているコレラの予防対策事業に首をつっこんでおせっかいを焼いたり、あちこちであらぬことをしゃべって誤解をまねくようすが書きとめられているが、それでも、「検閲で認められた人間には属さない」このユニークな女性を、チェーホフは知人のなかでもつきあい甲斐のある存在とみとめている。

アカデミー版『チェーホフ全集』の註によれば、彼女が一八九三年にチェーホフに送った手紙は、自分の運命に対する泣き言で満ちているという。そこに一部引用されている一一月の手紙（正確な日付けは不明）にはこんなことばがみられる。

二一日ごろそちらに伺うつもりですが、はっきりとは決めていません。行きたくもあり、行きたくもなくもあり。これ以上イリュージョンに生きるなら、それが霞のように消えていくとき、精神状態はもっとひどくなるでしょう。メーリホヴォ訪問で私のイリュージョンは損なわれずにすむやいなや。

これを読むと、あるいは、彼女の危機にはチェーホフも関係しているのかという気もする。しかし、ほかに天文台の上司で、有名な天文学者のブレヂーヒンに恋をしていたという証言もあり、くわしいいきさつは、残念ながら今の私にはわからない。

ただ、ここに恋愛感情がかかわっていたにせよいないにせよ、チェーホフが彼女の挫折を見過ごせなかったことのうちには、同志的な共感があったのはたしかだろう。翌年になると、「意志が麻痺して、働く能力をまったく失ってしまったかのような」クンダーソヴァのようすを心配しながら、「彼女にはいつも心からの共感を感じてきました」と書いている。

力になりたいと願う者にとって、彼女はそうとう手ごわい相手だったが、チェーホフは九四年の暮れに、ついに「恐るべきプライド」をすり抜ける方法を見つけた。クンダーソヴァを知る心ある人びとから定期的にカンパを募り、月に四〇ルーブルずつ渡していく、ただし「友人から」では受け取らないので、名目上は、大手の出版業者スィチンが、彼女のために三年の猶予つきで貸す金であることにする、というものだった。クンダーソヴァは、金持ちが弱者を支援するのを当然とみなし、慈善目的のカンパをよく集めていたから、スィチンからのしばらくの借金なら、一番気が楽だろうとふんだのだ。ましてや、民衆向けの安くてよい読み物を出版して、啓蒙に大きな役割を果たしているスィチンなら、彼女の眼鏡にもかなう。

『三年』に出てくる万年大学生が、父親から月四〇ルーブルの仕送りをうけ、それに母親がないしょで送ってくる一〇ルーブルを合わせて、かなりぜいたくな暮らしをしているところを見ると、部屋代にもよるが、月四〇ルーブルのカンパは暮らしていける額だったことがわかる。

このカンパには、スヴォーリンをはじめ、チェーホフがいたセルプホフ郡の医師たちや教師が応じ、出発段階で早くも九ヶ月分を確保することができた。スヴォーリンをのぞいて金持ちはいないが、毎月入金を怠らない几帳面なメンバーだけでも六名はいたというから、やはりクンダーソヴァという人に魅力があったのだろう。

九七年初めの手紙で彼女の回復が伝えられる。


天文学者は活力を取り戻しました。モスクワ中を走り回って個人教授をし、クリュチェーフスキイ（ゲリエでも教えたモスクワ大学の歴史学教授）と議論しています。健康も持ち直して、どうやら、もとの軌道にもどりつつあります（一八九七・二・八）。

チェーホフが『三年』を書き上げるのと、援助の方法を思いついたのが、ほぼ同時である。彼がどういうつもりでラッスーヂナを描き、読んだクンダーソヴァがどう感じたか、わからない点はあるが、チェーホフが最終的に、作品中のラッスーヂナにヤールツェフという好漢を、よき理解者として配していることは注目される。

ヤールツェフはラープチェフの友人で、実業学校と二つの女子ギムナジウムで物理と博物学を教えている。女生徒に大きな期待を寄せ、今やすばらしい世代が育ちつつあると心底感嘆している。多才な彼は、音楽理論をラッスーヂナに習った縁で、彼女のピアノを預かり、彼女は毎日二時間練習に通っていたのである。ラッスーヂナとの結婚を告げるヤールツェフは、熱い恋愛でないことをいささか残念がりつつ、自分には願ってもない相手であり、彼女に安らげる場所と、病気のとき働かなくてよい安心を与えられることを喜んでいる。包容力があり、ラッスーヂナの真価を理解できるフェミニスト、ヤールツェフは、まさにおあつらえむきの相棒といえよう。

この相棒の存在とラッスーヂナの硬《かた》さを描くことによって、チェーホフが、クンダーソヴァの独立不羈の精神を尊重しつつ、よりやわらかな自由を願っているかのように感じるのは、私だけだろうか。クンダーソヴァ自身は、夫と別居し、愛人に捨てられ、疲れ果てている変わり者の役どころを歓迎しなかったかもしれないが、チェーホフの彼女との関係には、自由をなによりも愛した同志としての共感が感じられる。

クンダーソヴァのその後について、くわしいことはわかっていない。イリーナの回想を読むかぎり、結婚はしなかったらしい。没年は一九四三年。亡くなる前、自分を棺に入れるときは、シャリヤーピンとお気に入りだったその息子ボリスの写真をロケットに入れ、首にかけてほしいと願い、その通りにされたという。

囚人の島サハリンへ

1

一八九〇年に三〇歳をむかえたチェーホフは、四月にモスクワを発って、シベリアを馬車と川船で横断、七月から三ヶ月あまりを流刑地サハリンに滞在し、刑務所をたずね、村々をまわって、囚人ひとりひとりと話をしている――政治犯との接触だけは禁じられていたので、偶然の機会を利用したらしい。彼は、囚人とその同居者「約一万人」の記録をとったと述べているが、これは、八千枚近いカードが今もロシア国立図書館や国立中央文芸古文書局に保存されているのでなければ、にわかには信じがたい驚くべき数字ではないだろうか。

ルポルタージュと学術報告が渾然一体となったような『サハリン島』（一八九五）は、帰国後四年をついやして書かれたその報告であり、流刑地でも一様ではない人間模様とともに、この島が農業植民地としてもつ課題や矯正の理念にそむき、おびただしい人間を野蛮な形で滅ぼしていること、屈辱的な環境や残忍な刑罰、生産的な活動の欠如が、人びとの肉体と精神を荒廃させているさまを、具体的な見聞と統計をとおして伝えている。

この大旅行について、チェーホフは九〇年のはじめまでおくびにも出さず、くわしい動機や目的を親しい人にも明かさなかったので、さまざまな仮説が出されてきた。次兄ニコライの死による深い憂愁や、綜合雑誌でのなれない長篇の苦労、プーシキン賞受賞によるプレッシャーなど、当時の彼の心は単純ではなく、複数の要因がかさなっていたものと思われる。なぜサハリンを選んだのか、なぜ大きなリスクをおかしてまで出かけたのか、と謎が多いだけに、私たちの関心を引きつけてやまないが、ここでとくに考えてみたいのは、広大なロシアを横切って囚人の島を訪ねた行為の大きさと、そこでいかに真剣に見たかということである。

チェーホフは北サハリンに二ヶ月滞在して南サハリンに移るとき、タタール海峡をくだる船の中からスヴォーリンにあててこう書いている。

私は、すべてを見ました。したがって、問題は今や、何を見たかということではなく、どのように見たかということです。……毎朝五時に起き、寝るのは遅く、終日、まだたくさんのことが残されているという切迫した思いにかられて過ごしました（一八九〇・九・一一）（傍点渡辺）。

このあと南でさらに一ヶ月調査をつづけることになるのだが、南の移住囚は少なく、この一ヶ月の多くは船を待つための滞在でもあったことを考えると、すでにこのとき、仕事の大半はやり終えたとの感慨があったのだろう。ここでチェーホフが、囚人の島を知るために「すべて」を見ようとしたこと、限られた時間のなかで憑かれたように行動していることは、いったい何がそこまで彼を駆りたてたのかと考えさせずにはいない。

先にふれた「約一万人」の調査カードは、「極力すべての居住区をまわり、大多数の囚人の生活を身近に知るために」準備されたもので、サハリンに到着後、警察付属の印刷所でとくべつに刷ってもらっている。項目は、居住地、氏名、年齢、身分、世帯主との関係、信仰、出身地、いつサハリンに来たか、おもな仕事、教育程度、婚姻関係、国庫からの補助、病気、に分かれ、客観的な事実を記入するようになっている。

彼は、刑務所や炭坑をたずねて徒刑囚に会い、サハリンに農業植民地を築くべく送りこまれた移住囚の家をかたっぱしから訪れて、同居者（家族とはかぎらない）とも話し、記録をとっている。訪れなかった小さな村については、農家戸別調査録や教会の懺悔録と戸籍簿（帝政時代、誕生、結婚、死亡は教会の管轄だった）、その他の公文書によって資料を集めており、いかに全体を網羅しようとしたかがよくわかる。

その際、もしも、統計的な数字だけが必要なのであれば、文書や助手を使ってより効率的に収集することもできただろう。しかし、チェーホフは、「調査の結果ではなく、調査の過程そのものがもたらす印象を主要な目的としていたので、他人の援助を受けたのはごくまれである」と、『サハリン島』のなかで述べている。また、出発前のスヴォーリン宛ての手紙にも、「何かせめて一〇〇頁か二〇〇頁ぐらいは書いて、我が医学にお返しをしたいとは思いますが、何も書けなくても私には意味があります。いろいろ読んだり、見たり、聞いたりしながら、たくさんのことを知り学ぶでしょう。半年の間、頭と体を絶えず働かせることになるでしょうが、それが、私にとって必要なことなのです」とあり、現実を自分の眼で徹底的に見ることが、旅の大きな目的のひとつだったことがうかがわれる。チェーホフは、たとえインターネットが発達した現在であっても、やはりサハリンへ出かけ、村々をまわり、囚人ひとりひとりと会って話をしたであろう。

彼が会ったサハリンの子どもたちは、青白い顔で腹をすかせ、弱々しかった。彼らの遊びは兵隊ごっこや囚人ごっこで、一二歳の「売春婦」もいた。ある一〇歳くらいの男の子はチェーホフに、いっしょに住んでいるのは父親ではなく、名前も知らない母親の情夫であり、自分はカーラ（シベリアの流刑地のひとつ。金の採掘で知られる）で生まれた私生児で、母親は夫殺しでここに来たのだと話してきかせる。

チェーホフが告発した大きな問題のひとつは、サハリンでは、矯正のための懲役が奴隷労働にすりかえられているということだった。国の管轄下にあるはずの徒刑囚が、役人たちの家の下働きに使われ、新しく到着した女囚は、まず若くて美しい者がえり分けられたのち、他の管区や移住村に送られるのだった（植民地の農業政策や移住村への囚人の配置は、展望を欠いた行きあたりばったりのもの

一輪車に鎖でつながれたサハリンの囚人たち

で、多くの村で農業経営は破綻していた)。

炭坑でも、採掘権をにぎっている一民間会社が、囚人労働をただで利用していた。会社は当局に賄賂は贈るが、囚人に支払うべき賃金や、炭坑の使用料は払っていない。かり出された徒刑囚は、早朝から民間人の指揮下に入り、幅一・四メートル、長さ三二〇メートルの暗い、湿った坑道を(チェーホフは自分も中に入って見ている)、一六キロの橇《そり》をひいて這いのぼり、石炭を積んで帰る。これを日に最低一三回行うのである。一日に必要な四〇〇人分近くの労働力を確保するために、囚人たちは、不衛生きわまりない監房(ナンキン虫だらけで、仔豚がうろうろし、床は泥でぬるぬるしているような)に数家族まとめて押しこまれ、本土からついてきた自由民の妻や子どもまでいっしょくたに板寝床に寝させられているのだった。

チェーホフは、全体に冷静な筆致を保っているが、この章では、行間に義憤がにじんでいる。

彼はまた、ある脱走囚の鞭打ち九〇の刑のようすを生々しく記している。「残酷さと道具立てにおいて最も忌まわしい」この刑罰についても、自分の眼でたしかめにいき、四〇回目あたりで「永遠の時間が過ぎたように感じて」外に出るが、ふたたびもどって最後まで見とどけている。囚人が声も失って奇妙に首をつき出し、嘔吐するようすや、執行前の恐怖にはじまる心理の描写は、この刑罰のもつサディズムと、それが執行者の人間性をも歪めていることを、実際に見た者ならではの迫力をもって伝えている。

おびただしい事実と見聞にささえられた『サハリン島』は、今まで顧みられることのなかったこの流刑地に社会の眼を向け、政府も刑をいくらか軽減するなどの措置をとらざるをえなかった。

旅行前からの憑かれたような資料収集と猛勉強、「『シベリアから』と『サハリン島』執筆に関わった文献一七九冊」という数字をみても、「見る」ことにかけたチェーホフの思いは、生半可ではなかったのである。

2

「どのように見るか」の前に、まず「すべてを見る」という方法は、『サハリン島』の書き方にも踏襲されている。全二三章のうちはじめの三章が、サハリンに着いてから本格的な調査が始まるまでの導入部、四章から一四章までが彼が訪れたすべての監視所と移住村についての具体的な記述と考察、そして一五章以下で、サハリンが全体としてはらんでいる諸問題――植民地としての展望、女性の問題、教育、衛生、刑罰等の問題――が明らかにされている。つまり、問題を考える前に、すべての村の具体的な事実を、読者に知らせているのである（全体が実証的な態度でつらぬかれ、じゅうぶんな資料がないときは判断をひかえている）。

チェーホフはこのような方法を、学生時代に、進化論をとなえたダーウィンから学んでいる。二三歳のときに、彼は兄のアレクサンドルに、女性問題を科学的な方法で研究しようと、「性の権威史」の共同研究をよびかけている。これは、生物の性差を下等な綱《こう》から高等な綱まで順次観察し、原因を考察していけば、性による優劣は自然の一時的な逸脱にすぎず、自然が本来平等をめざして進んでいることが証明できるはずであり、人間においても現在見られる男性優位は固定的なものでないことを実証できるというものだった。構想自体は、復活祭の一杯気分で書いた無邪気なものだが、その方法について「綱ごとの統計と総括、つまりダーウィンの方法だね。僕はこの方法がおそろしく気に入っているんだ」と述べ、すべての綱を網羅するこの方法は、「我が国の女性解放論者や、頭蓋骨を測定するような輩とはまるでちがう」科学的な方法だと自負している。

ダーウィンの著作で、チェーホフの蔵書に残っているのは『家畜、栽培植物の変異』だけだが、第三章で述べたように、サハリンへ行く途中、クンダーソヴァに渡してほしいと手紙に書いた『ビーグル号航海記』、また「綱ごとの統計と総括」という方法をダーウィンが用いた『人間の由来』を読んでいたのはたしかと思われる。二六歳のときにも、知人への手紙で「ダーウィンを読んでいます。なんという壮麗さでしょう。私はおそろしく彼が好きです」とあいかわらずの熱中ぶりを見せているから、代表作『種の起源』も、読んだと見る方が自然だろう。

『家畜、栽培植物の変異』の構成は、『サハリン島』とよく似ている。緒論のあと一章から一〇章までが、観察した動植物のすべての種についての具体的な記述、一一章から二七章までが、遺伝、交雑、淘汰、変異等の論述、最後の二八章が結論となっている。対象をあまねく観察し、事実の集積に立って結論を導こうとする、スケールの大きいダーウィンの方法を、チェーホフはサハリンの調査に用いたのである。

ダーウィンは、自伝のなかでこう述べている。

私はごく若い時から……すべての事実を何らかの一般的な法則のもとにまとめたいという、非常に強い欲望をもっていた。……どんな仮説でも、たとえそれがとても気にいったものでも……事実がそれに反することが証明されればすぐにそれを放棄するために、いつでも変わらず自分の心を自由にしておくようつとめてきた（『ダーウィン自伝』ノラ・バーロウ編、八杉龍一・江上生子訳、筑摩書房、一九七二年）。

神が万物を創ったとする創造説では、自然界の諸現象を説明できないのに気づいたダーウィンは、すべてを唯一合理的に説明する法則として進化論を確信したのだが、ここに見られる彼の視野の広さや、固定観念にとらわれない精神、そして創造説という絶大な権威をも否定した勇気は、のちに表明されるチェーホフの自由の精神とよく呼応している。チェーホフがダーウィンの著作からその精神をくみとり、おおいに共鳴したということも、充分に考えられることだろう。

彼は、ダーウィンの理論の中身よりその方法を、ものごとを正しく見るために有効な方法として受容し、とりわけサハリン旅行の前後、つよく意識していたのではないかと思う。サハリンをはさんだふたつの作品『ともしび』（一八八八）と『決闘』（一八九一）は、ともに思想とはなにかを問うた作品だが、そこにダーウィンの思想を登場させ、社会に蔓延している「怠惰な脳みそ」に対置しているのである。

綜合雑誌へのデビュー二作目となった『ともしび』は、一作目の『曠野』が、九歳の少年の目に映るロシアの大地の詩情と、そこに生きる人びとを印象記風に綴って、筋も主張もないと批判されたのにたいし、七〇年代の末から八〇年代にかけてロシア社会を覆っていったペシミズムをとりあげた論争的な作品である。

登場人物の大学生は、人も物もいずれは滅び跡かたもなくなるのだから、すべては無意味で虚しいと、なににも関心をしめそうとしない。それにたいし、中年の技師が、ペシミズムにせよなににせよ、思想というものは、人生を生き、思索をつみ重ねて到達するもので、まだろくに生きてもいない若者がいきなり結論を出すのは、脳の怠慢にすぎないと批判するのである。かつて自分もおなじペシミズムにとらわれていたという彼は、そういう考え方にたてば「シェークスピアもダーウィンも」意味がなくなると言う。文学にせよ、科学にせよ、観察と思索の上に成り立っているのであり、結論が先にきては、それ以上考えることもなく、なにも出てこず、若者にとって大きな不幸だと、技師はいいたいのである。

チェーホフには、七〇年代のナロードニキ運動の挫折や、八一年のアレクサンドル二世暗殺による締めつけの強化で、万事消極的になっているインテリにたいする強い批判があった。抑圧された空気のなかで生まれてくる現実逃避や倦怠、安易な全否定を、手紙のなかで何度も批判している。なかでも、サハリン行きを表明する直前にスヴォーリンにあてた手紙は、口調のはげしさできわだっている。チェーホフは、当時話題をよんだフランス人作家ポール・ブールジェの『弟子』が、科学を不当に中傷していると批判しながら、そのような短絡的な見方が、今ロシアに「インテリゲンチャーという名のナメクジやワラジ虫」をはびこらせている、と言っている。

生気のない、無気力な、だるそうに理屈をもてあそぶだけの、冷淡なインテリゲンチャー。……彼らは、愛国心もなく、憂鬱そうで、精彩がなく、グラス一杯で酔い、安い淫売宿へ行き、愚痴をこぼし、怠惰な脳みそは肯定するより否定する方が楽だから、すぐに全部を（原文イタリック）否定したがります。……萎えた精神、萎えた筋肉、動きの欠如、ふらふらした思考——それが全部、人生に意味がないせいだというんです（一八八九・一二・二七）。

よくもこれだけ並べた、と思われるほど口をきわめてインテリを非難しているが、本文はもっと過激な表現にみちている。閉塞した時代のなかで、責任を他に転嫁して、行動も思想も放棄したかにみえる知識階級への痛烈な批判が伝わってくるが、サハリン行きの宣言が翌年初頭だったことを思えば、この萎えきった世界から抜け出そうとする衝動がチェーホフにあったことは疑えない。そして、その世界をとび出すからには、彼自身は短絡的な全否定ではなく、脳みそに鞭打って、粘りづよく現実を見なければならなかったのである。「どのように見るか」の前に、まず「すべてを見る」というダーウィンの方法は、このような背景のなかで、きわめて意識的に採用されたものと思われる。

ちなみに、チェーホフのこうした資質に、日本の作家としてとりわけ深い理解と共感をよせたのは、広津和郎である。大正期の文壇にあって、チェーホフをトルストイに劣らぬ作家として評価し、その作品を英語版から翻訳もした広津は、デビュー作『神経病時代』(一九一七)において、チェーホフの『決闘』にならい、「ほんとうの意見」をもてない日本の知識青年の弱さを描いた(「神経病時代」ということば自体『決闘』からとったものである)。その広津が、日本が侵略戦争になだれこんでいく一九三六(昭和一一)年に、「散文精神」を提唱したことには、深く考えさせられるものがある。

現在のこの国の進み方を見て、ロマンティシズムの夜明けだとせっかちにそれを謳歌して、……直ぐ思い上る精神であってはならない、と同時にこの国の薄暗さを見て、直ぐ悲観したり、滅入ったりする精神であってもならない。……じっと我慢して冷静に、見なければならないものは決して見のがさずに、そして見なければならないものに慴《おび》えたり、戦慄したり、眼を蔽うたりしないで、何処までもそれを見つめながら、堪《こら》え堪えて生きていこうという精神であります（「散文精神について」（講演メモ））。

広津は戦後、権力の謀略のうたがいが濃かった松川事件に際して、ひとりの知識人として「納得できないものは納得しない」精神で判決を批判し、被告の無罪が確定するまで、一〇年あまりをともに闘いぬいている。

チェーホフと広津、このふたりの作家の発言と行動をみるとき、時代と知識人について、また、ほんとうに自分の眼をもち、それに忠実であることが、いかに容易ならざるものであるかについて、つくづく考えさせられる。

3

『ともしび』は、安易なペシミズムを俎上にのせた作品だったが、文学的にじゅうぶんな肉づけがなされたとは言いがたかった。チェーホフはこの問題を、サハリン後に着手した大作『決闘』でふたたびとりあげている。今度は、批判をストレートにうち出す単純な構成ではなく、トルストイアンと社会ダーウィニストの若者どうしの対立と、その挙句の決闘という形をとった。

ふたりの主人公のうち一方の貴族の若者は、当時流行していたトルストイ主義に影響され、空疎な文明生活を捨てて田舎で土地を耕して暮らそうと、愛人をつれてコーカサスに来るが、現実のコーカサスを見たとたんに挫折し、酒とカルタの自堕落な生活をおくっている。もう一方の動物学者は、そんな彼の軟弱さと不道徳をはげしく憎み、ダーウィンの「適者生存」の法則をそのまま人間に応用する社会ダーウィニストの立場から、そういう「有害個体」は正しい進化のために排除されてしかるべきだと考えている。

この小説は、ふたりの主人公の対立を軸に読まれがちだが、ほんとうに問題なのは、対立でも決闘でもない。チェーホフは、ふたりのどちらにもまだ自分の思想というべきものがなく、それぞれトルストイ、ダーウィンという巨人の思想を一面的に模倣しているだけであることを、意識的に書きこんでいる。一方の若者は、かんたんにトルストイにかぶれ、かんたんに挫折し、動物学者は、「適者生存」の法則をうのみにして疑うことを知らない。いずれも自分の脳みそを働かせていないという共通点こそが問題なのであって、決闘は対立の空しさと愚かさの象徴でしかない。じじつその場面は、ちぐはぐで奇妙な感じに戯画化されている。チェーホフは彼らの間に見物人としてひとの好い輔祭（ギリシャ正教の教会で司祭の助手を勤める最下級聖職者）を配し、「どうしてあのふたりは憎み合うんだろう、もしもふたりが、僕のように、粗野で無知で不潔で貧しく、いがみ合って暮らす環境にそだっていれば、お互いをもっと評価できるだろうに。退屈のせいか、誤解のせいか、むずかしいことを言って非難しあうより、憎しみや怒りを無知や貧困の方へむけたほうがいいのではないか」と言わせている。

ふたりの若者は、愚かな決闘であわや人を殺しかけ殺されかかるという事態にいたってはじめて、観念と現実のちがいを知り、自分たちが真実というべきものをまだ知らないこと、ほんとうはたがいによき友、よき隣人になりうることを、おぼろげながら知るのである。それはトルストイアンの若者にとって、棄てて逃げるつもりだった愛人のなかに、自分とおなじ無知な弱い人間を見い出すことでもあった。彼は、動物学者をのせた小舟が、波にあらがいつつ汽船の方へ向かうのを見送りながら、こう思う。

誰もたしかな真実を知ってはいないんだ……。人生も、あの小舟とおなじで、苦悩や過ちや倦怠によってうしろへ押しもどされるけれど、真実への渇望とひるむことのない意志がまた前へ前へと押し進め、もしかすると、いつか、たしかな真実にとどく日があるのかもしれない。

ここには若者の、まだ弱々しいながらも自分の足で生きていこうとする新しい姿勢が示されている。作者自身が、停滞した社会をとび出し、粘りづよく徹底的にサハリンを見たことではじめて書きえた場面であろう。『決闘』に旅の成果を期待した読者は、サハリンのサの字も見い出せなかったが、成果は作品の構成と結末のうちにあったのである。

末弟ミハイルは、回想記『チェーホフをめぐって』のなかで、一八八九年の一一月に彼がモスクワ大学法学部を卒業して就職試験の準備をしていたとき、チェーホフが『刑法と監獄論』の講義ノートをみて、急にサハリンに関心を持ったと記している。しかし現在では、一八八九年七月のオデッサ滞在の際、巡業でシベリアとサハリンを訪れたことのある女優カラティーギナに、自分もサハリンに行きたいのだが口外はしないでほしい、と言ったことがわかっている。さらにさかのぼって、佐々木基一氏も『私のチェーホフ』（講談社、一九九〇年）で注目しているように、『ともしび』に「サハリンの徒刑生活」ということばが出てくることも、考えさせられるところである。登場人物の技師が、自分も昔ペシミズムに感染し、「サハリンの徒刑生活もニースでの暮らしもなんら変わりはない」と思っていたと言うのである。

チェーホフのサハリンへの関心がいつ生まれ、どのように旅の決意へつながっていったのか、くわしいことはわからない。よく引用されるものとして、先の手紙の一週間ほど前にやはりスヴォーリンにあてて書いた手紙がある。

（今までいろいろなものをたくさん書き、アカデミーからプーシキン賞をもらい、ちやほやもされましたが）自分の目からみて文学としてまともな意味をもっていると思われるものは、ただの一行もありません。……五年ほどどこかへ身をかくし、ていねいなまじめな仕事をしたいという思いに駆られています。勉強しなくてはなりません。すべてを一から学ばなくては。作家として私はほんとうに無知です。誠実に、心をこめ、分別をもって書かなければなりません。ひと月に印刷用紙五枚も書くのではなく、五ヶ月に一枚でなくてはならないのです。家を出る必要があります。年に三千から四千ルーブル使う今のような暮らしではなく、七百から九百ルーブルで暮らす必要があります（一八八九・一二・二〇頃）。

ここで興味ぶかいのは、無知と怠慢への批判が、他のインテリではなく自分自身にむけられていることである。創作の行きづまりのなかで彼は、外から与えられる評価や、書けばある程度の報酬が得られるようになった生活に、どこかで慣れようとしている自分を感じずにいられなかったのではないだろうか。サハリン旅行の決意には、いいかげんには生きられない彼の潔癖さと、時代に流されず、現実を自分の眼でどこまでも見るほんものの作家でありたいというはげしい願望が感じられる。私は、彼の思考が煮つまっていく過程のどこかで『ともしび』の一節がうかび、では自分はサハリンをどれだけ知っているか、と問いかえす瞬間がなかったかと想像する。サハリンの実態を知らないまま「サハリンとニースは同じか」と問うことの不誠実を、我が身に感じることはなかっただろうか。たとえ「同じではない」と答えるとしても、よほど多くのことを知って、痛切な思いに裏づけられているのでなければ、観念的な議論に終始する周囲のインテリと本質的にどこが違うだろう。サハリン旅行の全体をみるとき、「見ること」「知ること」にかけたチェーホフを感じずにはいられない。

彼には肺病による喀血が二四歳のときからあり、サハリン行きはその意味でも大きなリスクをはらんでいた。旅を公表するひと月前に「ペテルブルグへは行きたいが、咳がひどくて喀血がこわい」ともらしており、サハリンへは「戦地に赴く気分」があった（じっさい往路ではやくも喀血を見ている）。出発直前の四月一一日には、「気がすすまない。よろこんでとどまりたいところだが、来年に延ばすより、今年すませた方がいい」とも書いている。今まで家族の生活をになってきたという意味でも、サハリン行きは大きな決断だったが、いずれ行かずにはすまない旅だったのである。自らの内なる声を聴いて行く方を選び、死力をつくしてサハリンを見てきたチェーホフは、以後、多くのインテリの観念的な世界と訣別し、彼の生活に社会的な活動が登場する。

メーリホヴォ村の変わった地主

1

サハリンから帰ったチェーホフは、三二歳（一八九二年）の春、モスクワ郊外のメーリホヴォに、こじんまりした地主屋敷つきの約二三〇ヘクタールの土地を購入し、はじめて領地というものを持つ。屋敷内には、ライラックの並木や果樹園があった。自然のふところに自分たちの家があり、夏がくるたびに貸別荘をさがす必要もなく、モスクワの高い家賃からも解放され、農地の収穫ものぞめる。新しい巣作りが、一家に清新な意欲と喜びをもたらしたことは、当時の彼の手紙からもよくつたわってくる。チェーホフはここであらたに、庭師の才能を発揮することになる。木や花をたくさん育てて美しい庭をつくり、執筆のあい間にその成長をたのしむ生活がはじまる。ただ、領地の農民とのつきあいだけはまったくはじめての経験で、みな心配だったという。なにしろ、父親は一六歳になるまで、農奴として地主に従う立場にいたのである。

農奴制は三〇年前に廃止されていたが、農民は、土地を完全に自分のものにしたわけではなく、地主への従属度はいぜん高かった。「農奴解放」で得た土地（有償で、買い取り金の七五～八〇％は国からの借入金、一年に六％ずつ四九年間で返済）は少なく、条件の悪い場所をあてがわれるのがふつうだったから、返済金や税金を払い、食いつないでいこうとすれば、地主の土地を賃借せざるをえなかった。地主は、彼らの弱味につけこんで、高い借地料や労働による返済、収穫物の折半を要求し、ほかにも森の木を伐った、家畜が畑を荒らしたといっては損料を求め、警察に突き出すことも珍しくなかったのである。

地主となったチェーホフでさえ、隣の地主に、「お宅の仔牛がうちのキャベツを二玉食べた。損料を払わなければ、仔牛は返さない」と言われているくらいだから、農民ならどれだけやられたことだろう。チェーホフは、「仔牛は返すにおよばず。そのかわり、うちのベリーを食べたそちらのガチョウどもをよこすように」ときりかえして、相手を黙らせている。

前の地主にさんざん痛めつけられ、地主というものを「狼のように恐れていた」メーリホヴォの農民たちは、「おびえ、ぴりぴりして」新しい旦那を迎えたという。二ヶ月もたつと、チェーホフの手紙に「いい関係ができた」ということばが現われるが、それでもいろいろなことがあったらしい。のちに、領地を買った知り合いに、「はじめの二年はたいへんだ。百姓たちは新しく来た者にはうちとけず、うわべだけの態度をとるから、最初から幻滅したり、こんなものだと決めつけたりしないように」と忠告している。

農民たちは、新しい旦那のようすをうかがっていた。前の地主は自堕落な生活ぶりで、家はよごれ、牛や馬はやせ衰えていたが、今度は、一家総出で朝から畑を耕し、種をまき、家を繕い、旦那

上：メーリホヴォ時代のチェーホフ
下：屋敷内の小屋

は庭作りに精を出している……はじめての復活祭には、無人の教会に司祭をよんで、旦那の家族が聖歌を歌い、今までになくおごそかな勤行になった……「お前」などとは言わず、ていねいなものいいをする……なにもかもが地主らしくなかったが、おもしろくないこともあった。

ある農民の回想によれば、夏のはじめ、地主用地の干草刈りに集まった人びとは、仕事のあと挨拶に行き、これまでの習わしどおり「茶代」をもらおうとした。一〇コペイカ（一〇〇コペイカで一ルーブル）をもって居酒屋へ直行するつもりだったのである。ところが、チェーホフはにっこりして、ほんとのお茶をいれるよう料理番にいいつけた。疲れた体には濃い目がいいと、こまやかな指示までつけて。みなは気分を害し、旦那の健康を祝して一杯やりたいものだ、と言ってみた。すると、「出し惜しみするわけじゃないが、居酒屋に行けば、『茶代』だけじゃすまないだろう、結局みんなのふところから一ルーブルずつ消えていくことになる。それが、残念なんだ」と説明したという。五〇戸の村に居酒屋が三軒もあって、なけなしの金がいつも吸いとられ、男たちは酔いつぶれ、女たちも苦労する。それをチェーホフは憂えたわけだが、農民のほうは、釈然としなかったに違いない。こうしたことも重ねながら、農民はチェーホフという人を知り、チェーホフもまた、正論だけではやっていけない彼らの生活のつらさを知っていったものと思われる。

村の人びとはのちに、彼らのために学校をつくり、鐘楼をたて、地主用地でただ働きさせることもなかったチェーホフを、「あれは地主ではなかった、友だちだった」と口々に語っている（チェーホフと農民のくわしい交流については、本書の終わりに、農民の回想を付録として掲載した）。なかでも、彼と村びとの間を近づけたのは、医者としての活動だった。チェーホフは作家が本業になるにつれ、医療から遠ざかっていたが、メーリホヴォに来る前には「薬をひと山仕入れた。顕微鏡も買う。本格的に医療にたずさわるつもり」と知人に知らせている。当時、農民は病気になると、知識人でものを知っているはずの地主のところによく相談にいったらしい。チェーホフも夏別荘を借りたときなど、家主のところにくる農民をしばしば診療していたが、今度は本格的に農村医療にたずさわるつもりで、メーリホヴォに来たのである。

農民は早朝から、遠路をいとわずやってくる。チェーホフは朝の五時から九時までを診察時間とし、多いときは日に四、五回往診に出かけ、お産のめんどうまでみた。農民たちは四半世紀をへたのちも、「村中が治してもらった」と感謝をこめて思い出している。メーリホヴォに移った一八九二年と翌九三年にはコレラが流行したが、彼はふた夏続けて管区衛生医をひきうけ、事前に勉強もし、二五をこえる村々や工場、修道院をまわって、衛生指導や診察にあけくれている。コレラを防ぐには隔離施設や消毒が必要だったが、郡当局が充分な費用を出そうとしなかったので、チェーホフ自身が、裕福な地主や工場主を骨をおって説得し、必要な額を集めている。秋に任務がとかれるまで、ものを書くどころではなかった。とりわけ最初の年は、道にも不案内で、なじみのない農民はうたぐりぶかく、「馬と馬車は郡の医者たちのなかで一番みすぼらしかった」が、直径二〇キロにもなろうという区域をまわって、千人以上の患者を診たのだった。

戯曲『ヴァーニャおじさん』（メーリホヴォで書かれた作品）の医師アーストロフは、医者としての風貌やエコロジー的観点に、チェーホフ自身を感じさせる人物だが、そのセリフに「朝から晩まで働きづめで座る間もない。夜ベッドに入っても、急患で呼びに来るんじゃないかと、びくびくしている」というのがある。ほとんどおなじことばがこのころのチェーホフの手紙に見られ、深夜に木戸をたたく音や犬の吠え声におびえている。

領地の購入代金一万三千ルーブルのうち九千ルーブルが借金で、引越し後はなにかとものいりでもあったから、チェーホフはしっかり稼がなければならなかった。しかし農民からは診察費も薬代もいっさいとらず、コレラ担当医の報酬も辞退している。疲労困憊し、「書くひまがなくて一文なしだ」とぼやきながら、彼はこうした活動を、けっしてあと回しにしようとはしなかった。「コレラ医は大変だが、モスクワで客と文学談義をしているよりはよっぽどまし」ということばもみられる。報酬を辞退したのは、ひとつには「独立性をたもつため」、ひとつには「自分のため」だというが、「自分のため」とはどういうことだったのだろう。

彼はメーリホヴォに来る前年の秋に「医者ならば、病人の中にいなければならず、作家ならば、人びとの中で暮らさなければならない。たとえひとかけらでも、社会と政治にかかわる生活が必要だ」と書き、メーリホヴォに移って三ヶ月後には、こう言っている。

私の心は、広さと飛翔を求めているのに、いやおうなく狭い生活をおくることになり、つまらない金勘定に終ってしまいます。……金のために働いていて、それが私の活動の中心だと思うと、心が萎えます。……落ちこんで自分に嫌気がさしていますが、なにはともあれ金のためではない医療が私にあるのは、ありがたいことです（一八九二・六・一六）。

一九歳でモスクワに出てきて以来、彼はつねに生活費を計算し、書かなければという強迫観念につきまとわれて暮らしてきた。彼にとって、執筆はどうしても「生活のため」という印象をぬぐいきれず、壁にかこまれて机にむかうだけでは、広く社会とかかわって生きたいという願いは充たされなかったのである。その点まぎれもなく人びとの役に立っている無償の医療が、萎える心の励ましとなっている。

2

チェーホフの社会活動がサハリン旅行後にめざましいことは、誰もがみとめるところである。サハリンという大きな体験が、不幸な人びとにたいする眼を開かせ、彼はおなじロシアに生きる者として、自らの態度を問わずにいられなかったのではないだろうか。『サハリン島』を書きつぎながら、法律家コーニと慈善団体の議長をつうじて、サハリンに子どもの養護施設を作るよう皇后にはたらきかけようとし（事情があって実現しなかった）、自分でも、たくさんの本や教科書を送っている。

メーリホヴォに来る前年の冬、中部ロシアは大飢饉におそわれ、トルストイなどは救援活動の先頭にたつが、チェーホフもいちはやく募金活動に立ち上がる。年が明けると、被害の大きかったニージニイ・ノヴゴロド県とヴォロネジ県を訪ね、それぞれ一週間あまり滞在して現場を見、なにが必要かを検討している。ちょうど彼が現場にいたとき、ペテルブルグの慈善家から、「二万人用」として五四プード（約八八〇キロ）の乾パンが送られてきた。八八〇キロという数字に、つい感激してしまいそうだが、二万人で分けると、ひとり四四グラムにしかならない。チェーホフは「福音書なみに五つのパンで五〇〇〇人の腹を満たそうとしている」と、慈善家の観念的な計算を皮肉っている。彼は、サハリンの子どもの支援について述べたときも、子どもたちの年齢、性別、民族別の人数と、読み書きできるかどうかを、本土の慈善家に毎年知らせることができれば、全員に必要なものがいきわたると述べており、現場に依拠したその実践的な発想と行動力に、しばしば目をみはらされる。飢饉に際して彼が心から賛同し、もっとも力を入れたのは、家畜買い上げ運動だった。これは、冬場は餌を食うだけで農民の重荷になる馬を買い取って養い、春に返してやろうという運動である。

メーリホヴォ時代にチェーホフは、医療のほかにも多くのことをしている。当時田舎では、初等教育の学校でさえきわめて少なく、子どもたちは何キロも先の学校まで歩いて通わなければならなかった。道が泥濘と化す春や秋にはとても通えず、とりわけ女の子は、教育からとりのこされていた。チェーホフは、七年の間に、近くの村にふたつ、メーリホヴォにひとつ、「郡でピカ一」の学校を作っている。彼がそれまで視察した学校は、「狭くて、天井が低く、使い勝手がわるく、設備は古ぼけ、先生は小さなひと部屋に夫婦で暮らしている」というものだったが、新しい学校は「最良の材料を使い、天井は高く、暖炉はオランダ製で、先生用の住まいも暖かく、三、四部屋そなえたもの」になった。メーリホヴォの学校は今でも見ることができるが、じっさい、天井は三メート

チェーホフが作ったメーリホヴォの学校

ル以上あって広い感じがし、『サハリン島』で「ロシア人が極端に蔑視している設備」と嘆いたトイレも、ちゃんとしたものを備えている。田舎の教師は、みじめな給料で、尊敬もされていなかったから、彼らにとっても、新しい学校はどんなに誇らしく嬉しかったことだろう。費用はメーリホヴォの学校が二千ルーブルあまりかかって行政の補助なし、あとのふたつはそれぞれ三千ルーブルほどかかり、郡が千ルーブル出している。住民が分担できるのは一割程度で、あとはチェーホフが寄付を集め、執筆の収入をつぎこんだ。三つ合わせると、彼は家族が一年間はゆうに暮らせる金額を、よい学校を作るためにつぎこんだことになる。けっして裕福とはいえない作家の行為として、なみたいていのことではないといえよう。

子ども好きのチェーホフは、よく学校をのぞいておしゃべりをし、クリスマスなどには、学校の後見者として生徒全員に襟巻きやリボンをプレゼントしている。一八九七年に大喀血してニースで長期療養したときは、妹への手紙でプレゼントの心配をし、「一番貧しい子どもたちにはフェルトの長靴を」と指示している。かつて破れた靴で家庭教師をしてまわり、その冷たさ、みじめさをよく知っているチェーホフのこまやかな配慮が感じられる。メーリホヴォ博物館の展示品のひとつであるスカーフは、当時の女生徒が生涯だいじにして、娘たちにもゆずらなかったものだという。

また、彼自身は信仰をもっていなかったが、教会を建て増ししてほしいという村びとの要請にこたえて、鐘楼を作った。その屋根には、ウクライナからとりよせた八面体ガラスの十字架がつけられ、月の光、日の光をあびて、七、八キロ先(一三キロという人も)からでも光って見えたという。

そんなに遠くから？　と信じがたいかもしれないが、ロシアの平原はどこまでも広い。私も昨年（二〇〇三年）田舎の草原を歩いたとき、遠くの教会の金色の玉葱坊主が、夕陽をあびて燦然と輝くのを見た。信仰をもたない身ながら、その神々しさにうたれ、質素でも美しいガラスの十字架が、貧しい日常のなかでどれだけ慰めになったか、はじめてわかったような気がした。

農民とのつきあいはきれいごとではすまず、ときにはチェーホフも、彼らの嘘や、あまりの飲んだくれよう、約束した仕事や、わずかな負担金を（ウォッカに流用して）ずるずる引き延ばすルーズさに腹をすえかね、身も根性も汚ないと悪態をついている。しかし、『百姓たち』（一八九七）という小説では、「たしかに彼らは、いっしょに暮らすのが恐ろしいほど、粗野で、恥知らずで、不潔で、飲んだくれで、仲間うちでいがみあったり、盗んだり、嘘をついたりしている」が、「その生活に、いいわけの見つからないようなものは何ひとつない。夜になると体中が痛むつらい仕事、厳しい冬、みじめな収穫、狭い家にぎゅうづめの暮らし、それなのに救いはなく、どこからもくるあてはないのだ」と書いている。

『百姓たち』に描かれた極貧の一家は、蠅と煤《すす》でまっ黒になった狭い家に、年寄り夫婦と嫁ふたりと八人の孫で暮らしている。息子のうち、ひとりは兵隊にとられ、ひとりは森番にやとわれているが、大酒のみのあばれ者で、帰るたびに女房をわけもなくなぐりたおす。畑と日雇い仕事のほかに、一週間二〇コペイカそこそこの夜なべの内職も家内中でしているが、ひどい年はクリスマスの頃にもう穀物が尽きてしまう。それでも日曜日には鰊《にしん》の頭でスープをつくるが、まずお茶でおなかをだぶだぶにしたのち、みながひとつ鉢で飲むのである。猫までも叩かれて耳がきこえなくなっている話など、貧しさとそのなかですさんでいく気持ちがよく伝わってくる。そこへある日、モスクワにボーイとして働きに出ていたもうひとりの息子が、病気になって女房と娘をつれてころがりこんでくる。老婆はふだんから、一家の煩いを一手にひきうけ、なまけ者の亭主の尻をたたき、嫁や孫たちにいらだち、四六時中どなりちらしているが、病気の息子にたいしても、不憫と思いつつ、つい悪態をつかずにいられない。彼女はそれでも息子のために、人づてによいと聞いた医師見習いをよんでくる。しかし、息子は体に吹い玉をたくさんつけられて血を吸いとられ、あっけなく死んでしまうのである。

チェーホフは、彼らの「家畜にも劣る」生活をつぶさに描きながら、人間としての心が苦しんでいるさまを描いている。税金のかたに唯一の財産ともいうべきサモワール（炭火を利用した給湯口つきの金属製湯わかし器。それを囲んでみながお茶を飲む）を没収され、部屋ががらんとしたときは、まるで「この家からふいに名誉がうばわれたよう」で、「空っぽの空間には心を傷つけるものがあった」と書き、森番の息子が、なにをしでかしたものか、笞打ちのために引かれていくときは、年寄りたちの顔に「このうえなくみじめで、卑しめられた者の痛みが浮かんだ」ことを伝えている。そして百姓たちが、心のどこかで公正な光をもとめ、神様のことなどよくわからないまま、「聖書にはやさしく敬虔な愛をよせていた」ことも……。

農民を苦しめる春先の食糧のとぼしさと栄養不足を見かねたチェーホフは、小麦や鰊を樽で買い、安くわけることもした。それまで春になると、闇値で売って儲けていた土地の商人にはひどく恨まれたらしい。

チェーホフのこの苦しみを感じる心は、農民にもさまざまなかたちで伝わらずにはいなかった。一九二四年のチェーホフ没後二〇周年の記念式典に参加した農民は、「どんなにものを知らなくても、だれが味方でだれが敵かはわかる」と言い、没後一〇年の節目のときは、自分たちだけで彼をしのび追善供養を行ったと述べている。チェーホフ自身、「村を歩くと、女たちがユロージヴィイ（聖なる愚者、狂者。神に近い存在としてロシアでは大事にされた）を迎えるようにやさしくしてくれ、我さきに案内をかって出て、溝があるから気をつけろと言ったり、犬を追い払ってくれる」と手紙に書いている。きまりが悪いのでなるべく村の道をさけ、野原を通っていたらしいが、疲れ、葛藤しながらも、彼の方も、人びとのなかにあって愛されていることに励まされたことだろう。

結核が悪化して南への転地をよぎなくされるまで、チェーホフはじつによく働いている。あるロシアの研究者は「チェーホフが早起きだったのは、もしかすると、明け方の咳のせいだったかもしれない」と書いている。もしも、自然にかこまれて小説だけを書いていたなら、すくない執筆で悠々と生活でき、寿命はもっと延びていたにちがいない。しかし、メーリホヴォ時代は、苦労のなかにも、充実した活動と人びととの結びつきがあり、園芸の楽しみも知って、ぞんぶんに生きえた貴重な時間だったのではないだろうか。

チェーホフとシモーヌ・ヴェーユ

1

チェーホフとシモーヌ・ヴェーユ、この取り合わせは、読者にはおそらく意外に感じられることだろう。シモーヌ・ヴェーユは、チェーホフの死後五年目の一九〇九年に、フランスのユダヤ系医師の家庭に生まれている。哲学者アランの薫陶をへて哲学教師となり、女工となり、スペイン市民戦争に義勇兵として参加し、四二年には対独レジスタンスに加わるべく、ニューヨーク経由で渡英、ド・ゴール率いる亡命政府「自由フランス」で働き、翌年三四歳にして急性肺結核と摂食拒否で死ぬという、じつに激しい人生を生きた思想家である。

ふたりの間に直接の影響関係があるわけではない。私がみた範囲では、ヴェーユにチェーホフに関する言及はなかった。にもかかわらず、ここでふたりの名を並べたのは、ヴェーユにおける

「共苦」が、チェーホフの「共苦」とふかく通じ合い、彼の作品をも照らしだしてくれるように思うからである。ふたりの違いをあげようとすれば、神についての態度をはじめ、いくらでもあげることができるだろう。しかし、彼らがともに「共苦」――フランス語では「コンパッシオン」(compassion)、ロシア語では「サストゥラダーニエ」(сострадание)――を根源的な意味において理解し、生きることの核心においたこと、ともに「奴隷」体験をもち、悲惨な現実に参入したという事実に注目せずにいられなかったのである。

サハリン後のチェーホフは、飢饉の支援活動、メーリホヴォでの医療、学校建設、コレラ対策活動などのほかに、晩年を過ごしたヤルタでも、貧しい結核患者のためのサナトリウム建設に力をつくし、本をサハリンだけでなく、故郷タガンローグの図書館へも送りつづけた。健康にも金銭にもそれほど恵まれていないひとりの人間が、作家という仕事をもちながら、黙ってなしたことの大きさに驚きを禁じえない。その活動をささえたのが「サストゥラダーニエ」だったと私は思うのだが、それは「同情、思いやり、哀れみ、憐憫」という現在の訳語では説明しきれないものをもっている。これらの訳語には、苦しみ悩む主体とそうではない立場から思いやる他者との距離がどうしても残ってしまい、上から下へ恵むニュアンスがまじることもある。

「サストゥラダーニエ」の「サ」は「ともに」、「ストゥラダーニエ」は「苦しみ」をあらわし、日本語におきかえれば「共苦」となる。語源辞典によれば、ギリシャ語の〈συμπαθεια〉(英語では sympathy, compassion)をそのままロシア語に移しかえたものだというから、ギリシャ正教を受けいれる際の聖書翻訳の過程で作られたことばではないだろうか。ロシア語訳聖書では、旧約に一ヶ所、新約に動詞、形容詞などの変形で六ヶ所、神の愛、隣人愛に準ずる意味で使われており、存在の深いレベルのつながりをあらわしている。今このことばを「共苦」と訳せば重すぎて、実際の文脈ではそぐわないが、チェーホフの活動には、上下のないおなじ存在としての共感、連帯が感じられ、彼が、作品のなかで印象的に使う「サストゥラダーニエ」ということばにもそのニュアンスがある。

作家としてのチェーホフは、当然のことながら、ことばの説明をすることはなく、活動や作品をとおして「共苦」を示しただけである。それを、ヴェーユの思想のことばが、よりあざやかに照らしてくれるように思うのである。

ヴェーユの「コンパッシオン」を知るためには、「注意力」ということが大きな鍵になる。彼女の論文につぎのような一節がある。

不幸な人々がこの世において必要としているのは、ただ自分たちに注意を向けてくれることのできる人たちだけである。不幸な人に注意を向けることのできる能力は、めったに見られないものであり、大へんむつかしいものである。それは、ほとんど奇跡に近い。奇跡であるといってもよい。……隣人愛の極致は、ただ、「君はどのように苦しんでいるのか」と問いかけることができるということに尽きる。すなわち、不幸な人の存在を、何か陳列の一種のようにみなしたり、

「不幸な者」というレッテルを貼られた社会の一部門の見本のようにみなしたりせずに、あくまでわたしたちと正確に同じ一人の人間と見て行くことである。その人間が、たまたま、不幸のために、他の者には追随することのできないしるしを身に帯びるにいたったのだと知ることである。そのためには、ただ不幸な人の上にいちずな思いをこめた目を向けることができれば、それで十分であり、またそれがどうしても必要なことである。その目は、何よりも注意する目である

（『神への愛のために学業を善用することについての省察』）。

これを読んで、「注意する目」が「奇跡に近い」というのは大げさではないか、と思われた方があるかもしれない。私自身はこの一節を、阪神大震災後の自分を問わざるをえない時期に、大江健三郎氏の本で知って、切実な思いで受けとめた。

震災というある日の一瞬を境に、多くの人の人生が暗転した。悲惨な死や、はかりがたい喪失、心身の深い痛手は、私の身に起こっていてもなんのふしぎもないものだった。なに気なくめくったページに、まるで姿の変わった自分がいる、そういうことがほんとうにあるのだということ、まぬがれたのはただ偶然によるということをはっきりと知らされた。おそらく、ふだんの生活のなかにも、それを知る契機はあったのだろうが、起こったことの圧倒的な大きさが、だれの眼にもあらわにしてみせたのである。そのとき、まわりの人びとの不幸は、けっしてガラスの向こうの「陳列の一種」ではありえなかった。おなじ人間としての苦痛があった。しかし日がたつにつれ、道がそれ

ぞれに分かれていくと、以前とあまり変わらない生活をとり戻した私は、別れた道を気楽に歩こうとしている自分に気づき、忘れないことの難しさ、「注意力」をもって「どのように苦しいのですか」と問いかけることの難しさを、身にしみて感じずにはいられなかったのである。

ヴェーユは、純粋な「注意力」によってのみ、他者の苦しみを知り、真の隣人となることができるという。そのとき「魂は自分が見つめている存在をありのままに見て、その存在を真実の姿において自分のなかに受けいれるために、自分自身のすべてをからっぽに」しなければならないという。彼女の『アメリカ・ノート』を参考にすれば、少しでも自己満足や、自分と相手との間の距離を楽しむ感覚、あるいは、これだけしておけば相手のことはもう考えなくてすむといった感情が混じっているなら、それは真の「コンパッシオン」ではない。「自分」が消え、不幸に侵されない一点を残して、全身相手の不幸に染まったとき、その「一点」がおぼえるものこそが「コンパッシオン」であり、そこから、そうせずにはいられないという必然性におされて手をさしのべるのでなくては、ほんとうの愛ではないし、援助をうけた人も感謝を抱くことができないという。ヴェーユ研究者の冨原真弓氏は、ヴェーユの「コンパッシオン」は「たんなる同情ではなく、語源に忠実な『ともに受ける苦しみ』を意味する全人格的なコミットメント」であると述べている。

ヴェーユは、聖書の「善きサマリア人の話」（ルカ福音書一〇・二五—三七）を、「注意力」とは何か、ほんとうの「注意力」をもつことがいかに難しいかを示すよい例としてあげている。

あるユダヤ人が強盗に襲われ、半死半生の状態で倒れていると、まずユダヤ人の祭司、つづいてレヴィ人が通りかかる。しかし彼らは倒れた人を見ながら通りすぎてしまう。その後、ユダヤ人とは敵対関係にあるサマリア人の旅人が通りかかる。彼は道端の人を見ると、近寄って手当てをし、さらに宿屋までつれていって介抱する。そして翌日旅立つ際には宿屋の主人に金を渡し、足りなければ帰りに払うからと、手厚い看護を頼んでいく……。

ヴェーユは、このサマリア人だけが真の隣人たりえたのは、偏見やおのれの都合にとらわれず、もの言わぬ存在に苦しんでいる他者を見る「注意力」があったからだという。祭司とレヴィ人も倒れたユダヤ人を見るには見たが、彼らにとってそれは「道端の動かぬ見知らぬ物体」にすぎなかったのである。

ヴェーユは、不幸ほど人に理解されにくいものはないという。「不幸は人をかたくなにし、絶望させる」からであり、不幸な人は、多くの場合、それをあらわすことばを持たず、そもそも「不幸それ自体が思考の活動を妨げ」「屈辱の結果として、思考の立ち入りを許さない、沈黙と虚偽に覆われた禁止区域ができる」からだという。「絶望した」心は、他人の嫌悪や反発をよぶ否定的な現象となって外にあらわれることが多い。眼をごまかすそうした現象の背後に苦しむ心を見ぬくことは、けっしてたやすいとはいえない。それを思うと、チェーホフが農民をせめず、『百姓たち』のなかで、暴力やいがみあいや際限のない飲酒のかげに、人間としての苦しみがあることを描いたのは、この注意力を備えていたからだといえよう。農民は、ほかの誰も見せてくれなかったその公正さを愛し、「友だち」と呼んだのである。

チェーホフにヴェーユの「注意力」があったことは、ふしぎではない。彼の「絶対的な自由」は、自分の側のあらゆるくもりを去り、対象の真実の姿にせまろうとする点で、ヴェーユの「注意力」と通ずるものがある。神を介在させるかどうかという点でふたりの「共苦」は大きく異なるという見方もあるだろうが、その違いよりも、相手と「正確におなじ」裸の存在として他者の苦悩を知るという共通点こそが、大切なことに思われる。

2

チェーホフはサハリンにいるとき「世界から一万キロ隔っているかと思うと、虚脱感にとらわれる。家に帰るのは一〇〇年先のような気がする」と書いている。一度、待っていた帰りの汽船が来たと思い、いさんでボートに乗って近づいてみると別の船だったということがあり、ひどく落胆している。それでも彼は帰ることのできる人だったが、あとには、陰鬱な気候と貧困と絶望のうちに、一万をこえる人びとがとり残されていた。もともとの重罪は少なく、自由をもとめて脱走を試みては、刑期をつみ重ねているのである。サハリン後の彼の作品には、そのような不幸な存在を忘れて生きる生活が美しくはありえないという声が、一貫して響いている。

『妻』（一八九二）という小説は、『決闘』のあと、『サハリン島』の執筆と平行して書かれた。これは前年の大飢饉を題材にしたもので、『北方通信』という綜合雑誌に掲載されたが、もともとは、飢饉救援作品集に載せるつもりで書いた作品だった。ここには飢饉をめぐっておこる夫婦の葛藤が描かれている。

夫のアソーリンは、交通省を退いた中年の六等官（ロシアの文官一四等級のうちの六番目。非貴族出身でも一代貴族になれる）で、田舎の領地で「鉄道史」や社会問題などの執筆をして暮らそうとしている。若く自尊心のつよい妻に愛情をもってはいるが、ふたりの関係はこじれ、今はおなじ家の一階と二階に分かれて暮らしている。

近隣の村は恐ろしい飢饉にみまわれ、領地の農民の惨状が地主であるアソーリンのもとへ報告されてくる。彼はそんなことで「社会問題の研究」を妨げられたくないのだが、「この郡で飢えた者を助けることのできるちゃんとした人間は自分しかいない」と思っているので、何もしないわけにもいかず、ひとまず五千ルーブルを寄付することにする。しかし一方で、農民がアソーリンの屋敷の納屋からライ麦を二〇俵盗んでいったと知ると、知事や検事各方面に電報を打ち、厳しい捜索を要請する。彼によれば「飽食していようと飢えていようと犯罪は犯罪、法は法」なのである。

一方、階下では、妻がすでに飢饉救援委員会を作り、大勢の仲間を集めて独自に活動を始めていた。それを知ったアソーリンは、妻がこの家の主である「私」をさしおき、「私の」（原文イタリック）家に委員会を作ったことに、大きな不快と焦りをおぼえる。彼は考えたすえ、実務にたけた分別ある人間として、あぶなっかしいしろうと集団である救援委員会の監督にのりだそうとする。

チェーホフは、彼の観念的でまさに「私」から発する援助にたいし、「サストゥラダーニエ」ということばを対置して妻に批判させている。

あなたは焦っているようだけど、それは飢饉が大変だからでもサストゥラダーニエがあるからでもないいんだわ。心配しているのは、飢えた人たちがあなたなしでやっていき、郡会や救援者が誰もあなたの指揮を必要としないということなのよ（傍点渡辺）。

五千ルーブルは大金であり、善意だけのしろうと集団が有効に活動できていないのも事実だったが、飢饉の現場を見ようともせず、想像力も持たず、飢えている農民とライ麦を盗んでいく農民が別々のものに見えるかぎり、アソーリンは苦しむ人びとの「隣人」ではありえない。チェーホフは、実状に即した家畜買い上げ運動や無料給食活動に参加しながら、「金持ちは割当の数千ルーブルを出したから、もう期待できない」と言っている。彼は、農民支援の作品集に飢饉をとりあげ、現実の直視と「共苦」する心がなによりも必要であることを描こうとしたのである。

『六号室』（一八九二）も、『サハリン島』の執筆と平行して書かれている。片田舎の「慈善病院」の院長ラーギンは、自分の病院の腐敗ぶりをよく知っている。二〇年ほど前に着任したときには、そこらじゅうを徘徊するナンキン虫やごきぶりやねずみ、使いものにならない医療器具、雑役夫が患者とざこ寝し、物品の横流しや院内ハレムの噂まであるこの病院に驚いたが、ひとりでは闘えないのでそのまま放置してきた。別棟の精神病患者用の六号室はさらにひどく、陰気で不潔な上に、粗暴な番人のニキータが暴力で支配している。しかしラーギンは、「人間はなにかの偶然で無からこの世によび出され、むなしく無に還っていくだけなのだから、五年や一〇年命を延ばしたところでなんになろうか」と、ストア派の哲学をたてに、今では診察もろくにせず、書斎で読書にふけっている。この間の医学のめざましい進歩や、精神医学の分野で患者を人間的に扱うようになったことも知ってはいるが、「人がそれでも病気にかかり死んでいくとすれば、最高のウィーン大学付属病院とこの病院との間に本質的にはなんの違いもない」と、考えるのである。

彼はふとしたことから、六号室の患者グローモフと話をするようになる。グローモフから患者の待遇について抗議されると、「苦痛とは苦痛についての観念にすぎない、観念は消し去ることができる」というローマの哲人皇帝マルクス・アウレリウスのことばを引いて、暖かく心地よい書斎と六号室の間にはなんの違いもないのだと説明する。

サハリンから帰ったころのチェーホフ

彼の考え方は、『ともしび』のなか

の「サハリンもニースも変りはない」という意見のくり返しであることにすぐ気づくだろう。これまでも指摘されているように、そもそも六号室の描写は『サハリン島』の監房と驚くほど似ており、チェーホフが六号室に場所をかえて、隔離され、忘れられた人びとの問題を提起しているのは明らかである。ただ、『ともしび』ではたんにことばの上の問いかけにすぎなかったものが、『六号室』では、いまわしい実態のリアルな描写によって、それが決して快適な書斎とおなじではありえないこと、おなじだと言ってしまうことの恐ろしさを、読者にありありと感じさせるものになっている。これはサハリンを自分の眼で見、「サハリンとニースはおなじではない」とはっきり言い切れる作家の書いた作品である。

ラーギンはマルクス・アウレリウスから無関心の哲学を借用しているが、このストア派の哲人皇帝が残した『自省録』はチェーホフの愛読書であり、ヴェーユが好んだ書でもあった。これは、マルクス・アウレリウスが、政務や遠征に明けくれるあい間をぬって書きとめた書で、子どもの夭折や、周囲の裏切り、野心等々に生身の人間として苦悩しながら、今をよく生きるために、ゆるがぬ「不動心」(アパティア)をもとめた心の記録であり、その「不動心」と、医師ラーギンの苦悩を通過しない「無関心」「無感動」(ロシア語でアパーチヤ)は、おなじ語源ながら全く別のものである。

チェーホフは、患者グローモフに「それは現実を理屈でしか知らない人間のことばだ。暖かい書斎にいるあなたの、苦痛や死にたいする軽蔑は、哲学でも思想でもなく、ただの怠慢、ペテンにすぎない」と言わせている。ラーギンは自らが六号室に入れられるはめになってはじめて、患者たちが二〇年以上も毎日なめてきた恐怖と絶望を味わうが、そのとき書物でたくわえた彼の「哲学」は、なんの役にも立たなかったのである。

グローモフ自身は、ストア派の学説は過去のものだと考えているが、ストア派の誰かが身内の身代わりになって奴隷に売られていったことを思い出し、「つまり彼らには憤慨したり、共に苦しむサストゥラダーユシシャヤ・ドゥシャー——苦悩を共にする魂——があったということですね」（傍点渡辺）と言っている。チェーホフは、ここで再び「サストゥラダーニエ」の形動詞形を使って、ラーギンの無関心を撃っている。その後の作品にも、「サストゥラダーニエ」ということばがふかく感動的な場面で使われ、キーワードのひとつになっていったことがわかる。それについては、『犬を連れた奥さん』（一八九九）と『谷間』（一九〇〇）をぜひとも取りあげなければならないが、別に章をもうけて述べることにしよう。

3

ヴェーユが、「注意力」「不幸」「共苦」等のことばを独自のキーワードとして人間の不幸を論じたのは後期のことだが、その思想形成に大きな影響を与えたのが、一九三四年から三五年にかけての工場体験だったことは、よく知られている。彼女はそれを「奴隷」の体験だったと言っている。

ヴェーユはめぐまれた環境で育ったが、幼いころから苦しい立場にある人びとに本能的な共感をよせるところがあり、女子高等学校哲学教授として自活するようになってからは、一日五フランという当時の失業者手当とおなじ額で生活しようとし、かなりの金額を炭鉱夫や労働者サークルにカンパしている。また理論や行動においても、教員組合での活動のほか、失業者代表部に加わって雑誌や新聞で論陣をはり、市議会への陳情に同行したこともある。

しかし彼女は、それだけでは満足できなかった。知識人の自分と支援される労働者との間に残る隔りを鋭く感じずにはいられなかった。機械による人間性の抑圧や労働者の無権利状態を真に知らないまま理論を語るには、潔癖すぎたのである。自ら労働者になることを決心した彼女は、ついに一九三四年学校を休職し、周囲の反対を押し切って、未熟練プレス工としてアルストン工場に入る。

一九三四年から三五年にかけてのフランスの労働現場は、ベルトコンベアーやテーラーシステムの導入と、世界恐慌による高い失業率を背景に、労働者は時間と機械に追いたてられ、いつでもとり替え可能な「モノ」として扱われる過酷な条件のもとにあった。チャップリンが『モダン・タイムス』でおなじような状況を諷刺したのはこの二年後で、ヴェーユは大いに共感し、知人に「お見逃しのないように」と勧めている。そういう状況のなかで、もともと虚弱体質の彼女が、病気による中断と解雇をはさんで約九ヶ月間、持病の強烈な偏頭痛とひと一倍不器用な手に悩まされながら、女子労働者という「二重に劣等な地位」で働くことになる。

組合活動家の夫を通じてヴェーユと親しくなったテヴノン夫人という女性は、ヴェーユの工場入りに反対したひとりで、「プロレタリアの状態は選んでなることができるものではなく」「ひとりの女工が基本的に経験するものは、ブルジョア階級出身の哲学教授資格者の女が感じるものとおなじではありえない」と考えていた。しかし彼女はのちに、「それはシモーヌに関するかぎりまちがっていた」と回想している。それほどヴェーユは女工になりきり、その悲惨を味わいつくしたのである。

残された『工場日記』を読むと、「女工シモーヌ」は、真鍮の切断やリベット締め、炉の熱風をあびるボビンの出し入れ等の仕事をあてがわれ、ミスをしては罵倒され、時間に追われ、すぐに故障する機械と悪戦苦闘し、ときに仲間の友情に慰められ、つねに不良品を出さないか、注文伝票が未消化に終らないか（未消化は即賃金の大幅カット）と恐れつつ働いている。その日の作業が何フランになるか、いつも計算しているが、給料日に受けとる賃金は不当に少ない。しかし、解雇を恐れて仲間とともに黙って受け取り、それでも解雇されて、やっと再就職が決まるまでは、不安と空腹に苦しめられている。鋭い観察と分析がまじるこの日記を記すという一点をのぞけば、そこにいるのは心身疲れきった女工そのものであり、哲学教師に復帰しうる人という印象はない。

そのなかで彼女がもっとも苦しいこととして発見したのは、自分が代替可能な「モノ」にすぎず、あらゆる思考と感情を殺して命令と機械に従わなければ仕事を失うという「完全な隷属状態」、人格的無価値の感覚だった。それは彼女のなかにあったはずの「自己の尊厳」を、二、三週間で徹底的に圧しつぶし、あるときはバスに乗ってさえ、「奴隷」の自分がなぜバスを利用できるのか、いますぐ引きずり降ろされてもふしぎはないと思うほどだったという。

完全に支配された状態、そして人間がいかに環境に左右されるかということ——知識人の彼女も、ひとたび環境が変われば、たちまち疲労と屈辱にうちのめされたみじめな奴隷になる——は、生身の体験なくしてはわかりえないことだった。彼女は知人への手紙に「それまでこの世界には多くの不幸が存在することをよく知っておりました。……しかしながら、不幸と長い間接触を保つことによって、その不幸を確認したということは一度もありませんでした」と、記している。短期間の労働でさえ人間の精神に恐ろしい痕跡を刻むことを知り、「労働者が『終身雇用』されるとはどういうことか」をはっきり悟ったという。

しかし、この工場体験におけるヴェーユの稀有な達成は、隷属のなかでいったんは失った「尊厳」を、おなじ隷属のなかでとり戻したことである。彼女はテヴノン夫人への手紙のなかで、病気でやむなく工場生活を中断したときに、「自分をなんとかとり戻せる日まで、こういう生活を耐え忍ぼうと誓いをたてた」こと、工場に復帰し、「ゆっくりとではあるけれど、隷属状態にありながら自分の人間的な尊厳の感情をとり戻してきた」こと、「その感情は、今度はどんな外的なものも拠りどころにしていない」ことを語っている。

チェーホフにも、自分のなかに「奴隷の血」を感じた時期があり、それを「一滴一滴しぼり出し」て、自力で尊厳をたしかめる体験があった。このふたりが「共苦」をおなじように深く掘りさげたことは、偶然の一致といえるだろうか。チェーホフのサハリン旅行が、知識人としてそのまま生きていては知りえない悲惨を、そこに飛び込んで確かめる行為であったという点も、ヴェーユの工場体験と重なるが、彼はそこで人間が「奴隷」になるとはどういうことかを、あらためて確認している。

ある雨の朝、チェーホフは、刑務所で二〇人ほどの徒刑囚がずぶぬれになり、泥でよごれたぼろを着て、ふるえながら「病院に行かせてほしい」と頼んでいるところを目撃する。鍵をもった看守は、扉から扉へと移りながら、あと一週間は後悔しなければならないような書類をあげてやる、と脅しつけている。囚人たちはほんとうに病気であることを表情で示そうとし、それは嘘ではないのだが、凍えた顔にうかぶのは、ゆがんで、むしろわざとらしい奇妙な表情でしかないのだった。チェーホフは、おそろしい鞭刑よりも、このときの方を、「人間が貶められた究極の段階」と言っている。

チェーホフもヴェーユも、「奴隷」から「人間」への険しい道を歩きぬくことで真の尊厳を知り、どのような外見であっても、どのように立場がちがっても、おなじ人間として苦悩をくみとることのできる「サストゥラダーニエ」と「コンパッシオン」に到達したのである。

農民の世界から──『谷間』の無垢な娘

1

七年間の農村生活はチェーホフの創作に多くの実りをもたらした。『百姓たち』(一八九七)、『新しい別荘』(一八九九)、『谷間』(一九〇〇)といった農民小説もそのなかから生まれている。

『谷間』は、ヤルタに移ってまもなく書かれた小説で、メーリホヴォ七年間のしめくくりともいうべき作品となった。『百姓たち』と『新しい別荘』が、絶対的貧困のなかでの無知や猜疑心、荒んだ人間関係など、農村の暗い面を強く印象づけたのにたいし、『谷間』は、作家ゴーリキイに「何か新しいものがある。励まし、希望を与えてくれる何かが、悲惨な生活の闇を通して見えてくる」と言わせ、当時の広範な読者の間にも深い感動を呼んだ。チェーホフは「これでもう農民小説は書かない」と言ったが、書くべきことを書いたという思いがあったのかもしれない。

この小説には、資本主義的原理によって変わりはじめた農村が描かれているが、ゴーリキイがのべた不思議な感動は、伝統的な農民の世界からもたらされているようにみえる。チェーホフは、無垢な貧農の娘リーパと彼女をとりまく農民たちをとおして、貴族やインテリ、新しく台頭する工場主たちのなかには見い出せない、「我」にとらわれない無欲な生を描いている。

舞台は、浅いくぼ地（谷間）にあるウクレーエヴォという貧しい村で、この村のことをいうときはいつも、年とった寺男（正教教会の最下位勤務者で雑多な堂務に携わる）が、むかし工場主の家の追善供養に出されたキャビアに夢中になり、つつかれても袖を引かれても食べつづけ、とうとう一・五キロ平らげてしまったという話がもちだされる。今は近くに鉄道が通じ、村はずれに更紗染めと皮なめしの四つの工場があり、四〇〇人が雇われて働いている。川は工場の廃水と廃棄物でにごり、汚染された草地で家畜が病気になっているが、工場主たちは郡医と警察署長に月一〇ルーブルずつの賄賂を贈って操業をつづけている。

村に石造りのちゃんとした建物はふたつあるだけで、ひとつは郷の役所、もうひとつはツィブーキンという商人の家で、彼はそこで百姓を相手にあくどい商いをして儲けている。表むきは食料雑貨屋だが、裏ではウォッカの密売（本来は国の専売で許可がいる）から家畜や毛皮の闇取り引き、金貸し、伐採用の森の買い占めにまで手をのばし、村びとの恨みを少なからずかっている。長男のアニーシムは、町に出て警察で働き、家には病弱で耳の悪い次男のスチェパンが残っている。しかし、実際にツィブーキンの片腕として店を切りもりしているのは、スチェパンの嫁のアクシーニヤである。彼女はバイタリティーにとんだやり手で、商売のこつをすぐにつかみ、今や店の鍵束をにぎって朝から晩まで走り回っている。更紗工場の経営者フルィーミン兄弟のひとりとできているらしく、その入れ知恵で、自分も煉瓦工場を作って独立したいと野心を燃やしている。しかし旧来の商売に満足しているツィブーキンは、彼女の欲しがるブチョーキノの土地を出してやろうとしない。もうひとり、ツィブーキンの後妻としてきたワルワーラは、施し好きで、店の物でもなんでも物乞いに気前よく分け与える。ツィブーキンははじめ眉をひそめるが、日ごろ腐った塩漬け肉やおそろしく質の悪いウォッカを売りつけているやましさも多少はあり、その免罪符になるならばと、黙認する。百姓嫌いで無慈悲なツィブーキンも、家族だけはおかしいほど愛している。主人公のリーパは、この家にアニーシムの嫁としてもらわれてくる娘なのである。

彼女は、アニーシムが警官としてかぎつけた贋金作りに逆に引きずり込まれ、発覚の予感におびえているときに、そうとは知らない周囲のお膳立てで、赤貧の家から器量を買われてもらわれてくる。年のわりに幼さの残るほっそりとしたやさしげな娘だが、農民らしく手が大きくて「蟹のはさみのよう」だったと書かれている。それまでやもめの母親とふたり、日雇い仕事で暮らしてきた彼女にとって、ツィブーキン家はあらゆる意味で異質な世界だった。好物のジャムを「好きなだけおあがり」と言われるのは嬉しいものの、どうしてもその世界になじむことができない。まるで召使いのように、家の人間を呼ぶとき敬語を使い、ベッドではなく納屋や台所で眠ろうとし、床磨きや洗濯に精をだす。彼女がツィブーキン家の人びとに感じる強い違和感は、彼らのどこか平安を欠いたゆがんだ姿を照らし出している。

リーパは、七月のカザンの聖母の祭日に母親と寺院にお参りするが、その帰り道、連れの請負大工のエリザーロフに、ツィブーキン家は「怖い」家で、とくに夫のアニーシムと義妹のアクシーニヤが怖いと話す。アニーシムは暴力をふるうわけでも、罵るわけでもないのだが、秘密の葛藤をかかえて、妙にみなになれなれしくしたり、急にカッと興奮するところがある。働くことをいとわず、その日その日をつましく生きてきたリーパは、贋金作りからもっとも遠いところにいて、アニーシムの異様さを敏感に感じとっているのである。婚礼から五日して、アニーシムがひとり町へ発つと、リーパは見違えるようにいきいきとして、周囲を驚かせる。細い腕を肩までまくり、裸足になって階段をみがき、細い澄んだ声で歌さえ歌っている。彼女が大きなたらいをかかえ、うれしそうに太陽をふり仰いだ姿は「ヒバリ」にたとえられ、アクシーニヤがべつのところで、「春先のライ麦畑で首をもたげ、通る人をじっと見ている毒へび」にたとえられているのとじつに対照的である。

アクシーニヤもなみはずれた働き者にはちがいないが、こちらは金銭欲にとりつかれている。ツィブーキンはアクシーニヤをやはり貧しい家からもらったと言うが、彼女は農民の出ではない。ある読書会で「アブラーモヴナ」という父称（ロシア人の人名で名と姓にはさまれた部分。父親の名前から作る）から、父親はユダヤ人であることがわかり、したがって職人か小商いをしていたはずだという指摘があった。彼女が発揮した商才も、それで納得がいくのではないだろうか。アクシーニヤは嫁としてはリーパの先輩だが、辛くあたるということはなく、リーパなど眼中になさそうである。

しかしリーパは、アクシーニヤが舅に土地の話を突っぱねられ、ぎりぎり歯ぎしりをしてご馳走に目もくれないようなとき、その目が怒りをふくんで緑にもえ、窓の外にそそがれるとき、あるいは、店の物を盗られないか、火をつけられないかと、夜も眠らず見まわる姿を目にするとき、素朴な驚きと怖れをいだいている。ツィブーキン家の生活全体が村びとをだますことの上に成り立っているが、とりわけアニーシムとアクシーニヤの姿は、尋常ならざるものとして彼女の心に恐怖をよびさましているのである。

2

リーパはおとなしく、まわりの人には歯牙にもかけられない小さな存在にみえるが、じつは大きな世界と通ずるものを持っている。チェーホフは作品のなかで三度、彼女と大きな世界を印象的に描いている。

ひとつは、先にふれた祭の日、リーパと母親と大工のエリザーロフが、谷間を見下ろす高みまで帰って来てひと休みする場面である。その日彼らは寺院にお参りし、定期市を見て、梨のクワス（ライ麦または果実や蜜でつくる発泡飲料）も飲んだ。つつましく楽しんだ一日に満足し、いまひとときのなごりを惜しむかのように、高みに座って下の村を眺めている。すでに夕闇がせまり、くぼ地にはミルクのように濃い霧がひろがりはじめ、火影がまたたいている。霧は底なしの淵を秘めているようにも見え、いつもと違う神秘的な世界がひろがっている。三人は心地よくくつろいで、帰っていかねばならないことさえ忘れている。そのリーパと母親の内面を、作者は次のように伝えている。

赤貧に生まれ、このまま最後まで、自分たちのすくんだおとなしい魂以外はみな他人にさし出して生きていこうとしているリーパと母親の心にも、あるいは一瞬浮かんだかもしれない。この広大で不可思議な世界、果てしない生命《いのち》のつらなりの中で、彼らもひとつの力であり、また誰かよりえらいのだろうかという思いが。

ここで「えらい」というのは、つい先ほどまでエリザーロフが話していたこととかかわっている。彼は雇われ先の工場主に、材料をくすねているのではないかと疑われた上、「ともかく俺は一級商人（第一ギルドに属する商人。毎年六〇〇ルーブルを払い、人頭税、兵役、体罰を免除される）でお前よりえらいんだから、つべこべ言うな」と言われて、考えてしまったというのである。「さて、ほんとのところは一体どっちがえらいんだろう」と……。エリザーロフの答は、「そりゃあ、大工のほうさ」「働いて辛抱している方が上だよなあ」というものだった。彼はもう四〇年ちかく工場でもっぱら修繕の仕事をし、馬を買うくらいの金はあるはずだが、郡内どこへでも、パンとねぎを入れた袋ひとつで歩いていく。欲のない、いつも機嫌のよい老人である。彼らがいた階級社会では、一級商人の方が上なのは、わかりきったことである。しかしエリザーロフは、「ほんとのところ」を考えてみる。聖母マリヤの夫ヨセフも大工だった……。神の意志にかなったりっぱな仕事である……。正直に働いて生きている自分が、やたら人を疑い、金で買った地位でいばっている工場主に劣るとは思えないのである。エリザーロフのまっとうな意見と、眼下に広がる神秘的な光景に心を動かされて、最下層に生きてきたリーパと母親も、この世界にいる自分たちに満足し、つつましい幸せを味わっているかのようである。作者はこのあと、ふたりのためにもうひとつよく似た場面を用意している。

ツィブーキン家にたち寄ったエリザーロフは、老人にさりげなく耳打ちする。長男のアニーシムが婚礼の日に配ったピカピカの硬貨が、定期市で贋物とわかり、騒ぎになったことを。ツィブーキンは驚愕し、息子が残していった金の包みをそっくり井戸に捨てるよう、アクシーニヤに言いつける。しかし、彼女はそれを惜しがり、ないしょで草刈り人夫の手間賃に流用する。夜の納屋でそのいきさつをもれ聞いたリーパと母親は、「恐ろしい家」にきてしまっためぐりあわせを嘆き、やり場のない悲哀にとらわれそうになる。しかしチェーホフは、ここでも、彼らの視線を人間の欲望や悪事をこえた静かな世界に導くのである。

ふたりには、空の高みから誰かが見ていて、青みをおびたあの星々のあたりからウクレーエヴォ村で起こるすべてを眺め、見守っているように思われた。どんなに悪が大きかろうとも、夜は静かで美しく、神の創りたもうた世界には、やはり静かで美しい真実というものがあり、これからもあるのだった。そして地上のすべては、月の光が夜のとばりと融けあうように、真実と融けあうときをひたすら待っているのだった。

ふたりは安らかな気持ちになり、身を寄せあって眠りについた……。

作者は文体的にも心理的にもふたりといっしょになって、美しく静かな星空をながめている。地上のものさしでは測れない根源的な力を秘めた世界がそこにあり、ふたりは慰められ、安心している。

三つ目の場面もまた、リーパの苦悩が大きな世界のなかで描かれる。アニーシムがシベリア送りになったあと、リーパはニキーフォルという赤ん坊とともに残される。か弱く小さな存在の不思議さに目をみはりつつ、彼女は赤ん坊に夢中になるが、その子はアクシーニヤに熱湯を浴びせられて死んでしまうのである。それは、ワルワーラとツィブーキンが、囚人の父と頼りない母をもつ孫の行く末を案じて、ブチョーキノの土地をのこす遺言状を作ったことに端を発する。なにしろブチョーキノは、すでにアクシーニヤが息子のことで気落ちした舅を押し切って煉瓦工場を建て、念願の経営に乗り出している土地なのである。

アクシーニヤの逆上ぶりは、みなが息を呑むほどすさまじい。しかしチェーホフは、事件をアクシーニヤの邪悪な性格というよりも、教育を欠いた無知や粗野、偶然のめぐりあわせの結果として描いているようにみえる。熱湯を浴びせるとき、彼女は「よくも私の土地をとったな、こうしてやる！」と叫んでいるが、ロシア語では「とった」という動詞は女性形になっていて、憤怒はニキーフォルにではなく、リーパに向けられていることがわかる。つまり、アクシーニヤは、今や「私の土地」も同然のブチョーキノが、断わりもなく、おなじ嫁としてどう見ても貢献度の低いリーパの側に、いとも簡単に与えられたことが許せないのである。この穏やかでない決定をのんきに下したワルワーラとツィブーキンにも責任の一端はあるといえよう。チェーホフは偶然の要素を重ねている。アクシーニヤが庭で荒れ狂い、「誰がもうこんな家で働くもんか」と捨てぜりふを残して家の中に入ったとき、台所でリーパが湯をわかし、ニキーフォルを脇において洗濯をしていたのは最大の不運だった。しかも、リーパはちょうどアクシーニヤの下着に手をかけたところで、それが彼女をさらに逆上させる。いっしょに洗濯していたはずの料理女も、このときばかりは川へすすぎに出ていたのである。

チェーホフは手紙の中で、このような事件は農村では珍しいことではないと述べている。アクシーニヤの感情にまかせた野蛮な行為は、一面では当時の遅れた農村を反映しているといえるだろう。しかしチェーホフの描きかたは、この事件に、他の時代、他の場所でも起こりうる普遍性を与えている。私たちは人間が激情にかられて引き起こす悲劇や、偶然のめぐりあわせから、完全に逃れることはできない。子どものように無防備なリーパは、この運命の不意打ちをどう受けとめたのだろうか。

赤ん坊は郡会病院でまる一日苦しみ、ちいさな眼でもの問いたげに母親を見つめて死ぬ。リーパはその亡きがらを受けとると、家からの迎えも待たず、暮れかけた道をとぼとぼと歩きだす。あたりはナイチンゲールや、サンカノゴイ、カッコウの鳴き声が響きわたり、池の蛙はひたすら命を謳歌している。空には銀色の月が浮かび、静かに星がまたたいている。人の生死に無関心な生きものたちの賑わいと、あくまで美しい自然のなかで、リーパは孤独である。しかし、彼女の心は苦しく凝りかたまってはいない。彼女には、アクシーニヤへの恨みも、運命への抗議もなく、ただ愛しいちいさな命が苦しみぬいて消えたことへの、いいようのない悲哀にとらわれている。彼女は空を仰ぎ、あの子の魂は今どこにいるのだろうと思う。後ろからついてきているのだろうか、それとも、もうあの星々のあたりにいて、母親のことなど忘れてしまったのだろうか……。リーパの問いに、世界は何も答えない。ただ、美しい星空が、悲惨な死から解かれた魂の憩う場所として、静かに見下ろしているだけである。

リーパはこのあと、暗い野原でひとりの老人に出会う。老人は、はじめ、赤ん坊の死を知ると、不吉なものに出会ったかのようにそそくさと立ち去ろうとするが、やがて火をもって近づき、リーパの顔をじっと見て「お前さんはおっかさんだ」「おっかさんはみな、自分の子どもがかわいいものよ」と言う。その眼には「サストゥラダーニエとやさしさがあった」と作者は書いている。この「サストゥラダーニエ」は、「憐憫」か「同情」と訳すほかないかもしれない。しかし、それがありきたりの同情でなかったことは、リーパがその眼を見たとき、「ふっと心がなごみ」「これはきっ

『谷間』のさし絵。リーパと老人

と聖人さまだわと思った」ことからも想像できる。

リーパは老人に「大人は苦しめば罪がゆるされるけど、どうしてちっちゃな子どもが、罪もないのに苦しまなきゃいけなかったの」と問う。老人は、「そんなこと、誰にもわかりゃしねえさ」と言い、三〇分ばかり黙りこくっている。それが共苦にみちた沈黙であったことは、つぎに口を開いたとき、「何もかもわかるようにゃできていねえのさ。どうしてとか、なぜかとかな」と言うことでわかる。老人はさらに「お前さんの悲しみなんぞまだまださ。人生は長えものよ……。まだまだ、いいこともありゃあ、悪いこともある。何だってあるのさ。でっけえからなあ、このロシアは！」というのである。

彼は、広いロシアを放浪してきた話をする。やせ衰えてぼろを纏い、はだしで、こごえ、パンの皮をしゃぶっていたあるとき、渡し船に乗り合わせた旦那に哀れまれ、「お前の食べるパンも黒いが、日々の暮らしも黒いことよ」と涙を流されたという。果てしないロシアの大地を歩いて辛酸をなめ、そこに生きる人びとを見てきた彼は、リーパの悲しみと苦しみがどんなに深くても、それは彼女だけが知る悲しみではないこと、この世界ではどんな苦しみにも出会う可能性があることを知っている。老人は、今も雇われ仕事で暮らす身だが、それでもあと二〇年くらいは生きてみたいものだと言う。世界のはかりがたさを知って、いかなる答ももたないかえって自由な眼で「いいことも悪いことも起こる」世界を、まだまだ見て生きるつもりなのである。「誰にもわかりゃしねえさ」という悲観的にも響きかねない彼のことばは、なぜかリーパの胸におち、彼女は重い問いからふっと離れて、「人が死んだら魂は何日この世に残るのかしら」ときく。無力を知ることが苦しみの受容にもつながるのは、それが、動かしがたい摂理であるからだろう。

チェーホフがリーパの悲しみの帰途に、この老人を置いたことの意味は大きい。ロシアの大地と苦悩に魂をつちかわれたこの老人でなくて誰が、リーパをこのような形で慰められただろうか。最終章で、作者は、リーパ自身が幼さを脱し、他者の孤独な魂にあたたかい手をさしのべる姿を描いて小説を閉じている。

3

舞台は三年後に移る。リーパとアクシーニヤしか現場に居合わせなかった熱湯事件は、真相が明らかにされないまま終る。リーパの不注意であったかのようなあいまいな話になり、それ以上の解釈をする勇気は誰にもなかったのである。アクシーニヤがフルィーミン兄弟との共同出資で始めた煉瓦工場は、鉄道の敷設による煉瓦の高騰で勢いづき、村の女たちが大勢やとわれて、駅まで煉瓦を運んでいる。ツィブーキンの店は、アニーシムの一件からしばらく屋根もさびてくすんでいたが、今や実権をにぎったアクシーニヤによって塗り変えられ、ふたたび陽をあびて輝いている。息子と孫を失ったツィブーキンは心を閉ざし、夏も冬も同じ毛皮の外套を着て、村を徘徊している。彼はいまだに百姓たちを嫌い、挨拶されても応えようとしない。村では彼の落ちぶれた姿を、ある者は喜び、ある者は哀れんでいる。リーパは母親のもとへ帰り、前と同じ日雇い生活にもどった。

ある晴れた秋の夕暮れ、教会の側のベンチに、ツィブーキンがぽつんと座っている。おなじベンチに座った村の老人が、かたわらの請負大工のエリザーロフに向かって、アクシーニヤをこきおろし、ツィブーキンは三日も飯を食わせてもらっていないと憤慨している。ふたりが立ち上がると、ツィブーキンも立ち上がり、おぼつかない足取りで歩き出す。そこへ煉瓦を運び終えた女たちが、歌いながら帰ってくる。読者が驚かされるのは、その先頭にリーパがいて、晴ればれと澄んだ声で歌っていることである。「きょう一日が無事に終り、休息できることを心からよろこんでいるかのよう」に。一行の中には母親の姿も見える。いったいなぜリーパは、アクシーニヤのもとで働くことができるのだろう、あの悲しみはすっかり忘れてしまったのだろうか……。チェーホフはリーパという女性をどこから造型したのか、彼女はさまざまな面をもつ、じつに不思議な人なのである。

かつてアニーシムの判決の日、リーパは夢中になって赤ん坊のニキーフォルと遊んでいた。ゆりかごのそばからドアの所までさがっては、「こんにちは、ニキーフォル・アニーシムィチさん！」と、ていねいな言い方で赤ん坊におじぎをし、それからまっすぐ駆け寄ってキスをする。これを飽きずにくり返すのである。そして赤ん坊を両手で放りあげながら、「おおきく、おおきくなるのよ！　お百姓さんになっていっしょに日雇いに行こうね！」と呼びかける。するととなりで聞いていたワルワーラがむっとして、「ばかをお言いでないよ、この子は商人になるんじゃないか」とたしなめても、すぐに忘れて、「日雇いに行こうね！　日雇いに行こうね！」とくり返す。その幼い有頂天ぶりは、ワルワーラの言うとおり、「おばかさん」のようにも見える。

しかし一方で彼女には、労働についてのしっかりしたモラルがある。働かないのは恥ずかしいことだが、働いて生きていくのであれば、恥ずかしいものはなにもないのである。フルィーミン兄弟の工場は、内輪もめでひと月閉鎖になったりするいいかげんな経営だが、そこに雇われているリーパのおじさんが、仕事がなくて物乞いをして歩いたとき、彼女は「雇われて耕すなり、薪を挽くなりすればいいのに、恥ずかしいよ」と言っている。労働のきつさ、賃金の低さは彼女を煩わせない。日々を無事に過ごせるならば足り、「裕福な商人」であることは、ほとんど意味がないのである。チェーホフはメーリホヴォや周辺の農民のなかに、リーパのようにどこまでも無欲で、働くことをいとわない人びとを見い出していたのだろうか。

日本にも少し前までそのような人たちがいたことは、野本貫一の『庶民列伝』（白水社、二〇〇〇年）によって知ることができる。ここには、五〇歳近くになって、郵便配達人も入らない山奥の村の請け負い配達人になった女性の話が記されている。毎日けわしい山道を登り下りして、山あいに点在する六五軒分の新聞と郵便を配って歩くきびしい仕事である。しかしこの人は、「私ゃよろこんでやってるの。大いばりで歩くちゅうわけだよね。このお陰でご飯が食べれていくんだもん。つらいことちゅうはないよう。私ゃほんとによろこんでやってる。心からよろこんでやってるの」と言うのである。これを読むと、煉瓦を運ぶリーパの歌声もわかる気がしてくる。アクシーニヤが女たちに出す日当二〇コペイカは、重労働である草刈りの一ルーブル四〇コペイカに比べればもちろん安いが、『百姓たち』の中で、絹糸を巻く内職が、家族の夜なべ仕事で一週間にやっと二〇コペイカと書かれているのに比べれば、まんざらでもないように思われる。リーパにはもともとアクシーニヤに対する憎しみや恨みはなかった。「異世界の人」は、以前にもまして「怖い」人ではあっただろうが、煉瓦は仲間と運ぶのであり、アクシーニヤと接する心配はない。婚家を出て自分らしい生活にもどったリーパは、はかりがたい世界のなかで、ふたたび一日一日を生き始めたのである。

舞台を秋の夕暮れにもどすと、エリザーロフと行き会って挨拶を交わしたリーパは、仲間からすこし遅れる。女たちの一行は、ツィブーキンを見ると急に声を落として行き過ぎる。リーパが母親とやってきて、深々とおじぎをし、「こんにちは、グリゴーリイ・ペトローヴィチ」と挨拶すると、ツィブーキンはじっとふたりを見つめ、唇をふるわせて涙をためる。リーパが母親の持っている包みから貧しい粥入りのピローグ（詰め物をしてパイのように平たく焼いたもの）を一切れとりだしてさし出すと、老人は素直に受けとって食べはじめる。リーパには、ツィブーキンの過去を責める気持ちも、そまつな糧を恥じる気持ちもない。この世界にひとりとり残された老人の孤独、リーパにだけ見せた涙に、持てるものを差し出したのである。これこそ、ヴェーユのいう「共苦」であり、悲惨なできごとが彼女の中に育てた心ではないだろうか。それは、ワルワーラの施しとは本質的に違うものである。彼女は、食事に現われない夫を、「うちの人ったら、ゆうべも食べずに寝てしまって」と、ぼやくだけなのである。小説の最後は、こう結ばれている。

日はすっかり落ちて、上の道に残っていた光も消えた。暗くなり、冷え冷えとしてきた。リーパとプラスコーヴィヤ（母親）はまた歩き出し、長い間十字を切っていた。

ふたりは、広い世界を遥かに遥かに遠ざかっていくようにみえる。すべてを受容し、おとなしい魂ひとつで生き、あとかたもなく消えてゆく人たちである。それは、支配者にとってはこのうえなく都合のよい、また強者にとってはかっこうの餌食ともなる弱い存在かもしれない。しかし、大地に根ざした無欲な生と、そこから生まれる傲ることを知らないやさしさは、優れた知性や、豊かな文化、時代をリードする強靱な精神とともに、私たちがどこかで求めているものではないだろうか。

チェーホフは、こう言っている。

私が信ずるのは、個々の人間です。インテリであれ、百姓であれ、ロシア全土のあちこちに散らばっているひとりひとりの個人のうちに救いを見ます。数は少ないけれど、彼らのうちに力があります（一八九九・二・二二）。

リーパや、エリザーロフや、行きずりの老人が、チェーホフのいう「個人」なのかどうか、私にはわからない。しかし、チェーホフの最後の農民小説には、彼らのなかにある知恵とやさしさ、世界のなかのひと粒として、我に拘泥せず生きていく安らかさが描かれている。「この広大で不可思議な世界、果てしない生命のつらなりの中で、彼らもひとつの力であり、また誰かよりえらいのだろうかという思いが一瞬浮かんだかもしれない」という一節は、自らは決して気づくことのないリーパと母親に、作者が贈ったことばのようにも思えてくる。チェーホフ自身、世界のはかりがたさ、人間の不思議を見つめて生きたのだろう。

ゴーリキイにこの小説を読んでもらった百姓たちは、リーパやエリザーロフ、行きずりの老人を大いに気に入り、ツィブーキンも、アクシーニヤさえもゆるしたという。

貧しい農婦と使徒ペテロ――『学生』の母娘《ははこ》

1

『谷間』のリーパ親子を見ていると、チェーホフが描いたもうひと組の貧しい母娘を思い出す。メーリホヴォに移って二年目に書いた『学生』（一八九四）のワシリーサとルケーリヤである。早春の夕べの神学生と農婦の出会いを描いたこの作品は、全集で四ページたらずの小品ながら、好きなチェーホフ作品としてあげる人が多く、作者自身にも愛された。作家のブーニンによれば、チェーホフはあるとき「どうして僕がペシミストなんです。自分の作品でいちばん好きなのは『学生』だというのに」と言ったという。

物語は、復活祭を二日後にひかえた受難週金曜日の夕暮れから始まる。春をむかえた森に、ヤマシギを狙った銃声がぱあんと響きわたる。森はおだやかだったが、日が傾くと急に冷たい風が出て、光は失せ、たちまち荒涼とした雰囲気につつまれる。主人公の神学生イヴァン・ヴェリカポーリスキイは、森から出て、人けのない草地を歩いていく。聖書でキリストが磔《はりつけ》にされたというこの日、彼はひとりヤマシギ撃ちに出かけ、寒風のなかを、ひもじく憂鬱な気分で家路についているのである。その日家では精進をまもり、何も煮炊きしていなかった。彼が家を出るとき、寺男の父親は、ペチカ（粘土などを焼いて築いた室内用暖炉。薪を焚き、その熱を利用して料理もできる。上の面は平らで暖かいので老人や病人の寝場所になる）の上で咳をしながら寝ていたし、母親ははだしのまま入り口の間に座りこんで、サモワールをみがいていた。その侘しい光景を思い出すと、気分はいっそう滅入ってくるのだった。彼は、この冷たい風も、情け容赦のない貧しさも、飢えも、無知も、重苦しさも、千年前のロシア最初のリューリク公のときからあり、イヴァン雷帝のころもピョートル大帝のころも変わらず、あと千年たってもなにも変わりはしないのだと思う。

暗がりのなかに赤い焚き火がひとつ見え、イヴァンの足はそちらに向かう。川の近くの「やもめの畑」で、寡婦の母娘が火を焚いているのだった。野良で夕餉《ゆうげ》をすませたところらしく、娘のルケーリヤが地べたに座って鍋とスプーンを洗っている。母と娘は一見したところ不思議なほど似ていない。年とったワシリーサは大柄で、亭主のお古とみえる男物の毛皮の半外套を着て立っている。炎を見ながらもの思いにふけっていたらしいが、学生に気づいて挨拶をする。乳母や子守として屋敷づとめをし、苦労を重ねてきたという彼女は、おとなしい微笑みをたやさず、ていねいなものいいをする。一方、娘のルケーリヤは小柄な村の女で、「亭主にはさんざん殴られた」という。あばたの顔に鈍い表情をうかべ、黙って学生の方を透かすように見ている。思慮深いおとなしい母親と、どこか人を警戒しているような鈍重な娘という印象だが、それぞれに苦労をなめたあげく、身を寄せあって暮らしているようすが感じられる。

寡婦の母娘の世帯は、貧しい農村でも最下層にあったと思われる。ふつう夫を亡くすと、婚家にとどまるか、再婚して新しい世帯の庇護（多くの場合は同時に抑圧）のもとに入るのでなければ、食べていくのは容易ではなかった。村の共同体は、寡婦の世帯に税金を軽減することもあったらしいが、そのときは割当地を取りあげたという。

野良仕事をする農婦たち

前章でみたリーパ母子が日雇い仕事で暮らしていたのは、土地をもっていなかったからだろう。ワシリーサとルケーリヤには、村から四キロ離れた川のそばに「やもめの畑」があるが、春の出水のなかなか引かない、条件の悪い土地のようにみえる。

ふたりの焚き火に加わったイヴァンは、赤い火に想いをさそわれてか、聖書のなかの使徒ペテロの話を始める。受難週のとくべつな夜に、ふたりの農婦に神学生らしい話をしてみたかったのかもしれない。

「ちょうどこんな風に、あの寒かった晩、使徒ペトロも焚き火にあたっていたんだねえ……。ああ、どんなに恐ろしい夜だったか、ねえ、おばさん。やりきれないほど気の滅入る、長い夜だったんだよ」

キリストを否認したペテロの話は、四つの福音書すべてにあり、前夜教会で読まれたはずの「十二福音書」(受難週木曜日の徹夜祷で読まれる福音書からとった十二の断片)にも入っていて、ワシリーサは知っていた。学生が語るその話は、小説の三分の一をしめて独特の雰囲気をもたらし、小さな小説の小さな焚き火のまわりに、スケールの大きな世界をひらく。

……イエスを身も世もあらぬほど愛していたペテロは、最後の晩餐のときに言う。「主よ、私はたとえ牢獄であろうとお供します、死さえ厭いません」。するとイエスは、「夜明けの鶏が鳴くまでに、お前は三度私を否認することになろう」と予言する。イエスがゲッセマネの園で、死にそうなほどの憂悶にとらわれて祈りつづけていたとき、ペテロも教えを守って祈ろうとするが、不覚にも眠りこけてしまう。尋常ではなかった一日の心労でへとへとになり、睡魔にかてなかったのだ。しかし、いざイエスが捕らえられると、危険をおかしてもあとを追ってゆく。なにかとほうもない恐ろしいことが起こりつつある予感に胸をおののかせながら、大祭司の館まで行き、イエスが打たれるところを目撃する。正式な尋問が始まり、ペテロは、中庭で焚き火をかこんでいる下役たちの間に紛れこむ。ところがひとりの女が彼を見とがめ、「この男もイエスといっしょにいた」と言いだす。きびしい疑いの視線がそそがれ、うろたえたペテロは「あの人など知らない」と答えてしまう。しばらくするとまた誰かが、「お前も使徒の一人だ」と言いだし、彼はまたもや「知らない」と答える。そして三たび「今日、園であの男といっしょにいたのはお前ではなかったか」と言われて、彼はやはり否認してしまうのである。そのとき鶏が夜明けを告げ、ペテロは師を見、そのことばを思い出す。一瞬にして自分がなしたことを悟り、たち去って慟哭する……。

学生はところどころ説明も加えて語り、たくみに話をしめくくる。

「しーんと静まり返った暗ーい暗ーい園だったんだろうなあ。ひっそりとしたその奥から、押し殺したような哭き声がかすかに聞こえてくる……」

沈黙がおとずれると、ふたりは学生がまったく予期しなかった反応をみせる。ワシリーサはいつもの微笑みを浮かべていたが、突然すすりあげて大粒の涙をこぼし、それをかくそうとするかのように、袖で火をさえぎる。一方ルケーリヤは、学生をにらみつけたまま顔を紅潮させ、まるで強い痛みをこらえているかのように苦しげな、張りつめた表情をみせるのである。別れをつげて歩き出しながら、学生はいま見たものを反芻する。

ワシリーサが泣いた、ということは、あの恐ろしい夜、ペテロの身におこったことはみな、彼女と無縁ではないのだ。……一九〇〇年前におこったことは、今とつながっている。あのふたりと、それからたぶんこの侘びしい村や、彼自身や、あらゆる人と。……彼女が泣いたのは、語りが感動的だったからではない、ペテロが身近な存在だったからだ、我を忘れてペテロの心に引き寄せられたからだ。

学生にとって、ペテロと農婦たちはあまりにもかけ離れた存在で、ペテロの苦悩と悲しみがふたりにとってこんなに親しいものであろうとは、思ってもみなかったのである。おそらく彼自身も、ペテロの話にふたりほど感応したことはなかったにちがいない。

しかし作者は、ルケーリヤの鈍い表情の下で心が動いたようすを、さりげなく読者に伝えている。「ペテロは燃えるような思いで、どうしようもなくイエスを愛していたんだ。それが今、その人が打たれるところを遠くから見ているんだからね……」というところまで話がきたとき、「ルケーリヤがスプーンを置き、動かぬまなざしでまじまじと学生を見た」というのである。彼女はその凝視を最後までゆるめていない。聖書のイエスは、嘲られ、打たれ、奴隷のための刑罰である磔刑（架上にさらし、屈辱と苦悶を長引かせる目的があった）に科せられている。その詳細をルケーリヤは知らなかっただろうが、過去に「さんざん殴られ」て、警戒的なものごしがしみついたような彼女にとって、虐げられる痛みと孤独、それを見るペテロの苦しさは、意識の奥をつよく打ったにちがいない。彼女はスプーンをそこに忘れて、聖書の世界に引きこまれたのである。

2

メーリホヴォ時代のチェーホフは、文盲の使用人たちに読み書きを教え、モスクワに出るときは、彼らのためにスィチンの出版所が出していた民衆向けの本をたくさん買ってきたという。夜、彼らが一堂に集まって、字の読める者が朗読し、ほかの者が聴くということもよくあったようで、弟ミハイルと妹マリヤは、プーシキンの『大尉の娘』が小間使いを夢中にさせ、年とった料理番の涙をさそったこと、チェーホフがそうした朗読の場面に行き会わせると、たいそう喜んだことなどを伝えている。使用人たちにとって、見たこともない貴族の世界の話であっても、架空の世界のできごとであっても、そこにあるのが人間の真実な喜びや悲しみであるなら、彼らの心にまっすぐ伝わっていくことを、チェーホフは知っていたのである。それはおそらく、彼の創作活動を励ますものでもあっただろう。

学生が語った聖書の夜は、イエスにとっても、ペテロにとっても、自分を極限まで試される苦悩の夜だった。つらい人生に耐えてきたワシリーサたちは、師を裏切って苦しむペテロを責めない。理屈ぬきに、慟哭となってつきあげるペテロの悲しみに近づいていく。大祭司の館では、イエスは人びとを惑わす罪人であり、園で哭くペテロは孤立無縁だったが、時空をこえてワシリーサの熱い涙とルケーリヤの苦痛にむかえられている。

学生のなかに、ふいに、息がつまるほどの歓喜がわきおこり、過去と現在をつなぐ美しいイメージが生まれる。

過去は、次から次へと生まれてくるできごとの鎖で、とぎれることなく今とつながっている。たった今、鎖の両端が見え、一方の端にふれたら、もう一方の端がふるえたのだ。

川を渡り、坂道をのぼり、西の空にたなびく残照と自分の村の方を見やりながら、彼はさらに考える。

あの園で、大祭司の館の中庭で、人間の生を導いていた真実と美は、きょうまでずっと存在し、どうやら、いつの時代も、人間の生活やおよそこの地上にあるもののすべての要をなしてきたようだ。

身分や国や時代をこえて、あらゆる人間の生の底を真実と美がつらぬいている……。それは、あの夜大祭司の館に集まった人びとの眼には見えず、ペテロも一瞬見失ったかもしれないが、それでも厳然と存在していたのであり、イエスやペテロの苦悩は、やがて誰かの魂とつながって、真実をつないでいく……。学生のなかに、おぼろげながらそんな世界像が姿を現わしつつある。千年前も千年先も変わらないのは、酷薄な自然や貧困や無知、それらのもたらす憂悶ばかりではなかったのである。過去から未来へのおなじ大きな流れのなかで、世界は今や学生の前に、普遍的な力をそなえたまったく異なる貌《かお》をあらわしている。

清新な覚醒に学生の心は昂揚する。周囲にあるのは最初とおなじ闇、おなじ冷たい風であるにもかかわらず、彼は今や、まだ見ぬひそやかな幸せの予感にみたされ、生きることは不可思議で、高遠な意味に満ちているような気がするのである。おそらく、厳しい現実のなかで憂悶はふたたびおとずれ、彼はこの覚醒をくり返し確かめていかなくてはならないだろう。しかし、真実や美の力をかいま見たことは、彼の信仰の原点にもなっていくはずだ。

ブロックハウス百科事典によれば、この作品が書かれたころ、神学大学はロシアに四つあって、合計七〇〇名程度の若者が学んでいる。彼らはやがて聖職者や雑階級知識人となっていくわけだが、こうしたロシア正教系の学校も、八〇年代の反動の嵐からのがれられなかった。宗務院長D・トルストイによる一八八四年の改革で、それまでの一定の自治が奪われ、神学科目が強化されている。イヴァンは、そうした時代の重苦しさと貧しい環境のなかで、展望をもてずにいたものと思われる。彼の鬱屈した気分に光をもたらし、聖書の世界を新しい眼でみることを可能にしたのは、神学校の教えではなく、貧しい農婦たちの心だったのである。

チェーホフのその後の作品を見ていると、人びとの欲望や思惑にみちた日常の背後に、より根源的で大きな法則が、帰すべきものとして暗示されているような気がする。それは『谷間』でみたように、自然と一体になって姿をあらわすこともある。

どんなに悪が大きかろうとも、夜は静かで美しく、神の創りたもうた世界には、やはり静かで美しい真実というものがあり、これからもあるのだった。そして地上のすべては、月の光が夜のとばりと融けあうように、真実と融けあうときを、ひたすら待っているのだった。

あるいは、『犬を連れた奥さん』の主人公グーロフが、アンナ・セルゲーエヴナと、オレアンダの崖のうえで、波の音を聞きながらものを思う場面。

ここにまだヤルタもオレアンダもなかったころ、海はやはりこんなふうにざわめき、今もざわめき、我々がいなくなったあとも、変わることなく無関心に、深くにぶくざわめいていることだろう。この不変性、我々ひとりひとりの生死にたいする完全な無関心のうちにこそ、もしかすると、我々の永遠の救い、この地上でとぎれることなくくり返される生命の運動や絶えざる完成の保証があるのかもしれない。暁にひときわ美しくみえる若い女性とならんで座り、海と山と雲と広い空からなるおとぎ話のようなたたずまいに、心が落ちつきうっとりとなったグーロフは、思うのだった。じっさい、よく考えてみれば、この世のすべてはうるわしいのかもしれない。我々が、存在の高い目的や、自らの尊厳を忘れて思ったりしたりすること以外のすべては。

戯曲においても、『ヴァーニャおじさん』のソーニャや、『三人姉妹』のオリガたちが、喜びのない生活のなかから「生きていきましょうよ」と呼びかけるとき、そのことばを支えるかすかな希望は、大きな時間軸のなかにあるはずのもっと美しい世界からもたらされている。『学生』をチェーホフが愛した背景には、美しい結晶ともいうべきできばえもさることながら、彼自身の覚醒が秘められていたのではないだろうか。

学生が一度ふりむいたとき、ふたりの姿はすでになく、闇のなかに残り火だけが小さく揺れていた。ワシリーサとルケーリヤは学生の心に起きたことなど夢にも知らず、自分たちの日常に戻っていったのである。それは、『谷間』のリーパ親子が暮れゆく道を去っていく姿に似ており、泣いたワシリーサの心は、落ちぶれたかつての舅に粥入りパイをさしだすリーパの心に似ている。チェーホフは、モデルとなる母娘をじっさいに知っていたのかもしれない。ふたりの娘、リーパとルケーリヤのいずれにも、知的にはおくれた印象があるのは偶然だろうか。かたや、ほっそりとしてひばりのように軽やかな器量よし、かたや、あばたの顔で鈍重な不器用者という対照は、かえっておなじモデルのカモフラージュのようにもみえる。しかし、いずれにせよ、この寡婦たちが、チェーホフの出会った名もない貧しい女性たちのなかから生みだされたことはたしかである。

彼らにたいする作者の眼を、「やさしさ」という言葉におさめることはできない。もしも、知情かねそなえ、地主の旦那さま兼医者としてメーリホヴォに来たチェーホフが、過酷な運命にもあくまで従順な最下層の人びとを、同情をこめたやさしい眼差しで見た、というだけなら、これらの作品はうまれなかっただろう。彼らの存在のなかに、おなじ人間としてチェーホフの眼を見張らせるものがあってこそ、生まれえた作品ではないかと思う。

一八九六年に書かれた『わが生活』という小説の主人公は、妻が、農耕しながら村の子どもたちのために学校を開こうと田舎に移り住んだものの、農民の無知蒙昧にがまんできなくなって憤りを爆発させたとき、こう言っている。

私の方はそのうち百姓たちに慣れて、だんだんひきつけられていった。……じっさい、汚くて、飲んだくれて、愚かで、嘘もつくが、いくらそんなことがあっても、なお、百姓の生活には全体として、何かしっかりした、健全な芯のようなものがあるような気がした。犂《すき》を押していく百姓がどんなに獣じみて見えようと、どんなにウォッカでぐでんぐでんに酔いつぶれようと、よく見れば、彼らには、たとえばマーシャ（妻）やドクトルにない、なにかとても大事な、なくてはならないものがあるのが感じられる。つまり彼らは、この世で一番大切なものは真実で、自分の救いも民衆全体の救いもその真実のうちにのみあると信じている。だからこそ、彼らがこの世で何よりも愛しているのは、公正さなのだ。

この作品で描かれているのは、ワシリーサたちとはまた違うタイプの農民だが、彼らのなかにある真実への敏感さに作者自身が気づいていなければ、このセリフが残されることはなかっただろう。

貧しい農婦の焚き火と聖書の世界が渾然一体となり、清新な歓喜をもって終わるこの小説は、復活祭を迎える気分にこのうえなくふさわしく、一八九四年のまさに受難週金曜日の『ロシア新報』紙に掲載された。メーリホヴォのチェーホフ博物館では、前館長の時代、館員たちは毎年復活祭の前にこの作品を読んだという。

自由をめぐる三部作――『箱に入った男』『すぐり』『愛について』

チェーホフが一八九八年に書いた三つの作品、『箱に入った男』『すぐり』『愛について』は、円熟期の作者ならではの味わい深い短篇として、それぞれに楽しむことができるが、じっさいは、共通の登場人物がひとりずつ物語を語るというゆるやかなつながりをもった連作である。語られるのは、現実を恐れてできるだけ殻に閉じこもろうとする中等学校《ギムナジウム》の教師、長年勤めからの解放を夢みたあげく、小さな領地を手に入れて自足する小官吏、また、二度とはないような出会いをもちながら、「道徳」にとらわれて心を通わせることができなかった男女の物語であり、そこには驚くほど今日的な人間像がある。

チェーホフ自身が「自由をめぐる三部作」と名づけたわけではないが、最初の『箱に入った男』の自由のテーマは明らかにあとの二作にひきつがれており、三つの作品を読んでいると、私たちの生活にもじつにさまざまな「箱」があることを感じさせられる。帝政末期のロシアと現代の日本と、あらわれ方はちがっても人間の心の問題は変わらない。

第一話『箱に入った男』

最初に登場するのは、三人の語り手のうちのふたり、獣医のイヴァン・イヴァーノヴィチと中等学校《ギムナジウム》の教師ブールキンである。狩りに出て行き暮れたふたりは、村長の家の納屋に一夜の宿を借りる。静かな月夜のつれづれにあれこれ話をしているが、村長の妻マヴラが生涯一歩も村から出たことがないという話をきっかけに、ブールキンが二ヶ月前に死んだ同僚の話を始める。

ベーリコフという名のこの同僚は、よく晴れた日でもオーバーシューズをはいて傘を持ち、綿入れ外套の襟をたて、青ざめた小さな顔には黒眼鏡をかけて耳栓をしていた。つまり、「いつも自分を外皮でおおい、外界の影響を遮断する箱（原語ではさまざまな形のサックやケースをさす）を作らずにはいられない」ようで、ベッドは帷《とばり》つき、辻馬車に乗るときは幌をかけさせる、という徹底ぶりだった。彼は「自分の考えも箱に入れて」かくし、通達の禁止事項をかたく守り、逆になにかが許可されると、それがどこまで及ぶのかはかりかねて不安にかられるのだった。厄介なのは、他人《ひと》のすることまで気にして、「なにも起こらなければよいが」「当局の耳にはいらなければよいが」といちいち気に病み、自分の視界からいっさいの不穏な火種を消したがることだった。おかげで生徒は少々素行が悪いだけで退学に追い込まれ、つまらないできごとでも、巻き添えになるのを怖れる彼から上部に報告されるのだった。ブールキンは、中等学校《ギムナジウム》のみならず町中の人がこの教師をなかば怖れ、なかば疎んじ、おしゃべりや手紙の中身にも気を使い、自由に本を読むことや、貧しい人を助けることさえ控えるようになったと話す。

　あるときこの町にカヴァレーンコという新任教師が、楽天的で陽気な姉のヴァーレンカを連れてやってくる。彼女の出現は「新しいアフロディテが泡のなかからよみがえった」ような新鮮さをもたらし、人びとは、ベーリコフともくったくなく接する彼女を見て、ふたりを結婚させようと思いつく。ひそかに策略がめぐらされ、話は思いのほかうまくいきそうにみえたが、いざとなるとベーリコフは、規則にない結婚に不安をいだき足踏みする。そのうち彼にとってたいへんショッキングな事件がおきてそのまま寝つき、あっけなく死んでしまうのである。

『箱に入った男』のさし絵。ベーリコフ

　ベーリコフを葬ったとき、みんな大きな解放感を味わったとブールキンは言う。墓地から神妙な顔で引きあげながら、内心、「子どものころ大人がみんな出はらって、完全な解放感で庭を一、二時間走りまわったときのような」純粋な喜びでいっぱいだったというのである。彼はそのときのことを思い出して、「ああ、自由、自由！　自由のほんのちょっとした兆し、かすかな望みでさえ心を舞い上がらせるものです。そうじゃありませんか」と言う。しかし、喜びも束の間、一週間もたないうちに人びとの生活はもとに戻る。第二、第三の「箱に入った男」が出てきたのである。ブールキンは、こういう「箱に入った」輩のおかげで、いつまでたっても重苦しい空気に悩まされねばならないと、なかばあきらめ気分である。チェーホフはこの語り手を、あまり深くものを考えない話好きな人物として設定したようだ。語り手はベーリコフを、みんなを萎縮させる厄病神のように言うが、作者は、イヴァン・イヴァーノヴィチという聞き手をたくみに配して、少々ちがうベーリコフ像と町の人の姿を伝えている。

ブールキンが「うちの教師たちはじつにまともで、ものがよくわかる人たちでしてね、ツルゲーネフやシチェドリーンで育ってきたわけです。それが、いつもオーバーシューズをはいて傘を持って歩いていたこの小男に、中等学校《ギムナジウム》ごと支配されてきたというんですからな」と言ったとき、黙って聞いていたイヴァン・イヴァーノヴィチが咳払いをして、こう言うのである。

「ふむ、まともで、ものも考え、シチェドリーンもツルゲーネフも、ほかにバックルなんかも読む、そういう人たちが言いなりになって耐えてきた、とねえ……。そこなんですよね」

彼は明らかに皮肉をこめている。なぜなら、もし教師たちに、支配者だけでなくその言いなりになっている民衆をも痛烈に諷刺したシチェドリーンの精神、農奴制社会の不条理を告発したツルゲーネフや、歴史学、社会学に新風を吹きこんだ英人バックルの視点があったなら、ベーリコフを諸悪の根源にして、自分たちはその被害者になりすますということはできなかったはずだから。人びとは、読書や慈善活動さえ自粛しているというが、それはベーリコフの干渉がうとましいというより、むしろよけいな報告が当局にとどく怖れがあるからであり、職員会議で生徒を擁護しきれないのは、ベーリコフの過剰な不安に動揺して、彼ら自身が無難な道を選んでしまうからだろう。「ベーリコフに知られなければよいが」という彼らの心理は、「当局の耳にはいらなければよいが」というベーリコフの不安となんら変わるところがない。

しかし、ブールキンは、イヴァン・イヴァーノヴィチの指摘になんの反応もみせず、すぐに熱をこめて続きを話しだす。聞き手がふたたび「そこなんですよね」というのは、ブールキンが次のように話をしめくくったときである。

またもや前とおなじ、やりにくくてうんざりする、わけのわからん生活ですよ。通達で禁止はされていないが、さりとて全面的に認められたわけでもないという。よくはなりませんでしたな。たしかにベーリコフは埋葬しましたが、ああいう箱に入った輩がまだどれだけ残っていることか、これからもどれだけ出てくることか！

「そこなんですよね」と、聞き手は言う。外は美しい月夜で、ふたりはしばらく見とれているが、イヴァン・イヴァーノヴィチはふたたび「そこなんですよね」と言って、話をもどす。彼はむしろ人びとの態度のほうを問題にしたいのだ。

我々が町で息苦しさと狭苦しさを感じながら、いりもしない書類を書き、カードで遊び、くだらないおしゃべりに一生を費やしている、それも言ってみれば「箱」に入っているようなもんじゃありませんか。……みんな嘘やごまかしがあるのを知っているのに、そのまま甘んじているんです。……公正で自由な人間の側に立つ、ということが言えないんです。自分自身をごまかして、笑顔をつくって、それもこれも一切れのパンや暖かい住みか、どうでもいいような官位のためなんです。いや、これ以上こんな風に暮らすことはできません！

イヴァン・イヴァーノヴィチは興奮して、自分もひとつ話をしたそうだが、しゃべって満足したブールキンは、「また今度」といって寝てしまい、発言は空振りにおわる。しかし、ベーリコフだけでなくこの町の生活も「箱」に入っているようなものだ、という意外なことばは、読者の「箱」のイメージを一気に広げる。それはもはや外界から自分をかくす手段をこえて、惰性やなれ合いやごまかしが生む精神の「箱」にまで広がっている。危険を怖れて真実を見ることをやめ、あくまで無難な枠のうちにとどまろうとする精神の「箱」である。イヴァン・イヴァーノヴィチのことばから、息苦しい社会のなかにあるたくさんの「箱」が、ふいに浮かび上がる。

ロシアの一八八〇年代は閉塞の時代として知られているが、チェーホフは、一八八五年に、ユーモア短篇の主要な発表先だった雑誌『断片』が、諷刺的傾向のゆえに検閲から発禁のおどしをかけられたとき、「斧でみね打ちにあったようなショック」を受けたと編集者のレイキンに告げている。ひとつにはもちろん生活がかかっていたからだが、「しだいに締めつけがきつくなる」「息苦しくて不気味だ」と時代の生きにくさを訴えている。大雑誌に書くようになってからも、作品を無惨に削除されることがあり、亡くなるまで検閲をつよく意識して書かなくてはならなかった。私信もときにより開封されている。彼がサハリンに赴いたとき、アムール川を下る船上から家族にあててこんな手紙を書いている。

船の上は、さかんなおしゃべりで灼熱しています。ここでは誰も大声でしゃべるのを怖れません。逮捕する者もいないし、これ以上流刑に送る先もないので、好きなだけ自由主義者になれるというわけです（一八九〇・六・二三―二六）。

当時のロシアは、私たちが想像する以上に恐怖が日常に浸透していたといえよう。レーニンは一九〇一年に書いた「国内時評」の中で、ロシアの官吏のヒエラルヒー全体に、「平伏」と「体裁だけの仕事ぶり」が浸透し、アカーキイ・アカーキエヴィチ（ゴーゴリの『外套』の小心でつましい主人公）や「箱に入った男」でなければ、すべて疑いの眼を向けられると書いている。ひたすら従順であり、目立つまいと神経をすりへらしているベーリコフは、こうした監視体制のなかから生まれるべくして生まれた「変人」であり、第二、第三のベーリコフが出てきてもなんのふしぎもなかったのである。

チェーホフは、ベーリコフの不安を具体的に書いている。カヴァレーンコとその姉が堂々と本を持ち歩いて往来で議論し、まだ珍しかった自転車を乗りまわすのを見ると、親しい人のあまりの目立ちように血の気が引くほど驚愕し、「これは校長の知る所となり、視学官の耳にも届くでしょう、ただですむとお思いですか」と忠告しに行く。彼のおせっかいと臆病さを憎むカヴァレーンコにドアから突き出され、階段をころげ落ちて、ちょうど帰ってきたヴァーレンカと友だちにこっけいな姿を見られると、痛みよりも屈辱よりも、「これで町中の人に知られ、校長や視学官の耳にも入る。またもや漫画に描かれて、ついには免職になる」という恐怖にかられている。

ベーリコフが怖れる「視学官《バベチーチエリ》」は、文部大臣直属の要職で、大きな教育管区を受けもち、中等学校《ギムナジウム》の校長の選任権や教師の承認権をもっていた。彼の生活を直接左右する一番の権力者だったのである。彼が「ギリシャ語の教師」になったのも、身の安全をはかってのことである。ギリシャ語は、もともとデカブリストの乱（一八二五年）で衝撃を受けた支配層が、危険な哲学と政治経済学に代えて導入したお墨付きの無難科目で、一八六六年から八〇年まで反動的文部大臣としてならしたD・トルストイも、とりわけ古典語教育に力をいれている。ベーリコフは、しばしばうっとりとした面持ちで「アントローポス（人間）！」と言うが、それはけっして人間讃歌ではなく、ギリシャ語の響きを讃えるものでしかない。一度大量に出回って彼をたいそう傷つけた漫画には、ヴァーレンカと手をくんだベーリコフが描かれ、「恋するアントローポス」という傑作な題がついていた。

ベーリコフの願いそのものは、自分の生活を守りたいというささやかなものだったが、恐怖にかられた彼は、階段転落事件のショックから二度と立ち上がれなかったのである。彼は、権力が求める人間像にひたすら自分を合わせようとしたが、すべてが明記されているわけではないから、不安のおさまるときがなかった。自分をもたない他律の苦しさといえよう。棺桶という「究極の箱」に入ってはじめて彼が平安を得たように見えたというのは、なんと強烈な皮肉だろう。

自由への憧れは誰の心にもある。ベーリコフの中にもそれがあったことを、作者はヴァーレンカとのエピソードを通じて書いている。ヴァーレンカは、ベーリコフに対してまったく偏見をもたないはじめての人だった。そんな彼女に、ベーリコフも思わず警戒を解く。勘ぐられるのを怖れてそれまで料理女も置かなかった彼が、彼女のそばに座り、笑みを浮かべて歌をほめ、結婚をそのかされるとその気になって、彼女のポートレートを飾りさえしたのである。劇場のボックス席で扇をひらめかせながら顔を輝かせているヴァーレンカと、その隣で「家から釘抜きでひっこ抜かれてきたように」かちんかちんになっているベーリコフとは、とてもおかしい取り合わせだが、それでもやはり、彼が自由でこだわりのない雰囲気に惹かれたのはたしかで、「箱」に入ることは決して彼の本意ではなかったのである。町の人もまた、自由を求めていたには違いないが、彼らは檻の中でがまんしている。新たなベーリコフが出てきたのを見ると、もとのさやに収まって、ぐちをこぼすだけである。

ブールキンとイヴァン・イヴァーノヴィチが眺める月夜の風景は美しい。夜の帷につつまれてひっそりと寝静まった村は、「昼間の労働や煩いや嘆きを忘れて、穏やかで、悲しげで、うるわしかった。星たちまでが優しく情をこめて瞬いているようで、地上の悪は消え去り、すべてがこよなく調和しているように」見えるのだった。草原は地平線のはてまで月光を浴び、動くものとてない。それは、ベーリコフの疑いや恐怖に満ちた内面となんと対照的な世界であることか。棺桶に入るまで、このような精神世界を持てなかったベーリコフの不幸と、町をおおうたくさんの「箱」、そしてそこから出てゆく「公正で自由な人間」の不在を示して第一話は終る。

第二話　『すぐり』

第二話は、果てしなく広がるロシアの大地の描写で始まる。ブールキンとイヴァン・イヴァーノヴィチは、今回もいっしょに狩りに出かけ、広野を歩いている。遠方にかろうじてそれとわかるほど小さく村の風車小屋が見え、右手には丘が連なり、遠く村の後方に消えている。丘は実は川岸で、そこに立てば、またおなじように果てしない野がひらけ、はるか彼方を小さな虫のように汽車が走ってゆくのだった。広大な自然は穏やかでもの思わしげである。ふたりの心は、広野への愛で満たされ、「なんと大きくうるわしいのだろう、この国は」と、思わずにはいられない。第一話の月夜の情景とともに、物語の背景に広がるロシアの自然は、この広々とゆたかな国で、人はなぜ小さくとらわれてしか生きられないのかという思いをさそう。

イヴァン・イヴァーノヴィチは、前回のベーリコフの話につなげて弟のことを話そうとするが、ちょうどそのとき激しい雨にみまわれ、ふたりはやむなく共通の知人であるアリョーヒンの地主屋敷を訪ねることにする。水浴場でさっぱりしたあと、ランプの灯った心地よい客間に通され、美しい小間使いに絹の部屋着と暖かいスリッパを出してもらう。古い地主屋敷らしく、壁にはかつてここに住んだ人びとの肖像画がいくつもかかり、金の額縁の中から客たちを見下ろしている。小間使いが、やわらかな絨毯をふんでお茶を配り、今度はアリョーヒンという新しい聞き手を加えて、二つ目の物語が始まる。

イヴァン・イヴァーノヴィチの弟は、一生を費やして念願のすぐり（グーズベリー。ぶどうくらいの大きさの緑の実で酸味がつよい）のなる領地を手に入れた。一九歳のときから県の税務局に勤めだした弟は、兄によれば、社会についてはもちろん、「我が身についてさえ、自分の意見を持つのを怖れる」「おずおずとした小官吏」だった。この点ベーリコフによく似ている。しかし、ベーリコフが「箱」のなかで不安におののいていたのにたいし、この弟は領地の夢にとじこもり、いつの日か自由な田園へ脱出しようと、それだけを考えて生きる。

ひんやりと澄みわたった秋の日に、高い空を渡っていく鳥の群れや、無邪気に興じた魚とりの記憶……抑圧された生活の中で、かつてののびのびとした生活につよく惹かれていくのは、人間としてきわめて自然な感情である。しかし、夢にとりつかれてほかのものがいっさい見えなくなると、それは畸形の様相をおびてくる。

弟は食べるものもろくに食べず、着るものもかまわず、ひたすら貯蓄に励み、小金をもった年増の未亡人と結婚して、彼女がわずか三年で死んでも、栄養失調のためだったとは気づかない。もっぱら農事関係の本や新聞の土地広告に読みふけり、広告の中身に合わせて未来の領地をいろいろに思い描く。ただしその領地には、彼の偏執の象徴のように、なぜか必ずすぐりの木がなければならなかった。

三〇年近い忍耐のすえ、彼はついに一〇〇ヘクタールあまりの土地を手に入れる。領地を流れる川は、近くの工場の廃水でコーヒー色に濁り、肝心のすぐりはなかった。しかし彼はくじけず、さっそく二〇本のすぐりを植えると、満足しきって暮らし始める。

イヴァン・イヴァーノヴィチは、ある夏の日にこの領地を訪れ、弟の変身ぶりに驚く。小心な官吏が、一転、不遜な地主に変わっていたのだ。飽食と無為に肥えふとり、老いの始まった身体を午睡の毛布にくるんで、今にもブーと鼻を鳴らさんばかりの姿だった。弟は今や「地主」としての自信に満ち、鷹揚な笑みを浮かべて「教育というものはなくてはならないが、民衆には時期尚早だ」などと、大臣さながらの口をきき、何事にたいしても、「自分の見解」を開陳する。そして、ことあるごとに「我々貴族は」とか、「私は貴族として」という言葉を連発する。しかし弟が描く「地主貴族」の自画像と、イヴァン・イヴァーノヴィチの観察は、ことごとくくい違っているのである。

弟は、自分のことを百姓の扱い方を心得たよき旦那さまで、村びとから敬愛され、指一本で彼らを思い通りに動かすことができると信じている。彼らのために善行を施し、祝い事にはウォッカもふるまうと自慢する。

しかし、イヴァン・イヴァーノヴィチによれば、百姓たちは、家畜が弟の用地にちょっとでも入り込もうものなら、ただちに村長のもとへ引っ立てられ、村の共同体に対して訴訟も起こされている。弟がもったいぶって施す「善行」とは、あらゆる病気をソーダとひまし油で治そうという怪しげなものであり、弟の名の日の祝いに百姓たちが感謝の祈祷に参加して、「万歳！」を叫んでお辞儀するのは、すべて半樽（約六リットル）のふるまい酒のためなのだった。

兄が見た「貴族として」の弟の生活ぶりは、ひどく粗野で怠惰な印象を与える。屋敷うちは溝や柵だらけで雑然としており、どこを通れば母屋に行けるのかもわからない。赤毛の犬が出てくるが、主とおなじく豚のように肥え太って、吠えるのもだるいというありさま、台所から出てきた料理女もおなじように太って、裸足で歩いている。最初に語られるアリョーヒンの屋敷の、重厚で心地よく調えられた雰囲気と、すべて対照的である。

弟には、今や「チムシャ＝ギマラーイスキイ」という二重姓でさえ、重々しく、好もしく、立派な貴族の証と映るらしい。二重姓は原則として貴族にしか許されなかったから、おそらく父親が兵隊から貴族の身分になったときにつけたものだろう。もとは大きな戦功があった者に、その征服地にちなんだ姓を与えたので、二重姓にはよく地名が入っている。しかし「ギマラーイスキイ」――ヒマラヤの――とはあまりに突飛で、「チムシャ」という変わった響きと相まって奇妙な姓になっている。イヴァン・イヴァーノヴィチの知人たちは、彼をこの姓で呼ぶのをはばかり、名と父称で呼んでいたほどである。

イヴァン・イヴァーノヴィチは、自分たちの祖父は百姓で、父親はカンタニスト（強制徴募少年兵）だったと言う。これは、徴兵された農民が二〇年以上におよぶ兵役の間にもうけた子どもを、出生とともに兵卒に登録して、幼いうちから過酷な形で仕込むもので、カンタニストということばにはみじめなイメージがついてまわる。生涯兵卒で終るのがふつうだから、ふたりの父親が士官にまでなり、一代貴族ならぬ世襲貴族の称号を受けたのは、よほど大きな功績を挙げたのだろう。それは農奴だったチェーホフの祖父が、自力で大金をため、自分と家族の自由身分を購ったことと、そのまれな点、ことの本質において通じるところがある。祖父たちの頑張りは誇るべきものだが、出自はコンプレックスとなってつきまとう。チェーホフ自身は、自分の中から「奴隷の血」を搾りだして「自由」の喜びを知ったが、この弟は、地主になったという一点において、いとも簡単に卑屈から傲慢への飛躍を果たしたのである。

『すぐり』のさし絵。すぐりを前に感激する弟

兄と弟がとらえる事態のギャップは、弟の「幸せの象徴」、つまりはじめて穫れたひと盛りのすぐりをめぐって最高潮に達する。皿いっ

ぱいに盛られたその実を見たとき、弟は感激のあまり笑い出す。それから黙り、眼に涙を浮かべて見つめたあと、ひと粒とって口に入れる。子どものように勝ち誇った表情が広がり、「ああ、うまい!」「ああ、うまい!」とむさぼりはじめる。しかし、兄が勧められて食べてみると、その実は固くて酸っぱかったのである。

夜中、隣の部屋からは、弟がベッドを抜け出してはテーブルのそばへゆき、ひと粒、またひと粒とすぐりをつまむ気配が伝わってくる。闇の中でそれを聞く兄は、暗澹たる気分にとらわれる。弟が一生を費やして得た幸せが、いかに小さく、侘しく、異様であるかが、読者にも生理的な感覚を通して伝わってくる場面である。

弟はなぜこれほどすぐりに執着したのだろう。この作品には、三二歳で初めて自分の領地を持ち、果樹園作りに熱中したチェーホフの自伝的要素が見られると言われており、出自の設定にもそれは感じられる。チェーホフが領地に移った年、ふんだんに実ったさくらんぼやすぐりに感激した興味深い手紙がある。

　今までこんなに豊かだったことは一度もありません。私は木の下に立ってさくらんぼを食べながら、なぜ誰も私をつまみ出そうとしないのか、不思議な気がしています。子どものころは、毎日、実を食べたと言っては耳を引っ張られて仕置きされたのですから(一八九二・七・三)。

チェーホフにもこんな経験があったのかと驚かされる。イヴァン・イヴァーノヴィチの弟にも、思う存分すぐりを食べたいという悲願が子どものころからあったのか、それとも、むかし小さな領地(父親の死後負債のかたにとられた)で食べたすぐりの記憶が、くる日もくる日もうつむいて書類を作る彼の脳裡に、失われた自由と幸せの象徴として根をおろしていたのだろうか。

チェーホフは、豊かに実ったりんごやすぐりを惜しみなく村の子どもたちに分け与え、自分だけの満足に酔うことはなかった。しかし、それでもなお、弟が念願の領地を得たときの喜びと達成感は、冷静なイヴァン・イヴァーノヴィチの観察眼とともに、チェーホフ自身の内からとられたものだと思う。弟の片鱗やベーリコフの片鱗は、誰の内にもあるのではないだろうか。

イヴァン・イヴァーノヴィチは話を終えて、この国には弟のように自分の安穏な生活に満足して、他者に関心をもたない人間がいかに多いことかと、憤りをこめて言う。そして自分もじつは、そういう人間のひとりだったと言うのである。彼の興奮したことばは、聞き手を当惑させるだけだが、ここでもやはり、読者がもうひとりの聞き手としてそれを聞いている。

イヴァン・イヴァーノヴィチは言う。「幸せな生活」は、その隣に圧倒的な形で存在する弱者の家畜同然の生活や無知、強者の鉄面皮や怠惰が、意識の外に置かれているからこそ成り立っている、それはいわば「催眠術」にかかったようなもので、不幸は「舞台裏」で進行している、不幸な者は、黙って重荷を背負い、その声は聴こうとしないかぎり聞こえないのだと。彼は、人口の八〇パーセントを占める農民が食うや食わずで一パーセント強の貴族を養っているロシアの矛盾と、それに無関心であることの醜悪さを言いたいのだ。そして、彼自身もまた、「満ち足りた幸せな人間」のひとりだったことに気づいたというのである。

第一話で、イヴァン・イヴァーノヴィチが町の人びとの「箱」を指摘せずにいられなかったのは、この自覚があったからだとわかる。「催眠術」から脱し、「舞台裏」を見通すことのできる「公正で自由な人間」がいない社会の恐ろしさ。弟はたしかに窮屈な宮仕えからは解放された。しかし、彼が得た自由は、抑圧される側から抑圧する側に変わることで得られた自由にすぎず、支配する者とされる者がいる抑圧の構造そのものからは解放されていない。彼が堂々と展開する「見解」は、彼自身のものではなく、借りてきた一般地主風の見解にすぎなかった。

イヴァン・イヴァーノヴィチは、ふたりの聞き手をひそかに区別しているようにみえる。弁舌をふるいながら、ブールキンに向かっては、「なぜ我々はなにもせず、『自由は不可欠だが、時を待たねば』などと理屈をこねるだけなんです、なんのために待つんです」と詰め寄るが、アリョーヒンにたいしては、「私はもう年だが、若いあなたは自分を眠らせないでほしい」と懇願する。

幸せはないし、あってはならんのです。もし人生に意味や目的があるとしたら、それは我々の幸せなんかじゃなく、なにかもっと理にかなった大きなもののうちにあるんです。善をなしてください！

この国で「幸せ」であること自体、他人の不幸のうえになりたった欺瞞にすぎないと彼は言いたいのだ。彼のことばには、罪のない幸せまで否定する一面性があって、聞き手を当惑させるだけである。しかし、随喜の涙を浮かべ、すぐりをむさぼる弟を思い出すとき、たしかに「なにかもっと理にかなった大きなもの」がなければならないという気がしてくる。

イヴァン・イヴァーノヴィチは物語の前置きとして、こんなことも言っていた。

人間に必要なのは、三アルシン（約二・一メートル）の土地だけだなどと言われてますが、それは死んだ人間の話でしょう。……生きている人間には、地球全体、自然全体が必要なんです。その広がりの中でこそ、人間は自由な精神の本領をぞんぶんに発揮できるんです。

「三アルシンの土地」というのは、トルストイの『人には多くの土地が必要か』という寓話的作品をふまえたことばである。土地所有の夢を際限なくふくらませていった男が、欲で身を滅ぼし、けっきょく彼に必要だった土地は、埋葬用の三アルシンだけだったという話だが、当時「三アルシン」ということばが独り歩きして、人間に必要なのは三アルシンかどうか、賛否両論を呼んでいたのである。

イヴァン・イヴァーノヴィチが「三アルシン」に対置した「地球全体、自然全体」は、冒頭の広野の描写と呼応して、なにものにも縛られない精神の自由な活動舞台と、どこまでも見渡すことのできる広い視野を連想させる。弟の田舎への憧れの底にも、この根源的な自由への憧れが潜んでいたはずだが、それは、すぐりのなる小さな領地に閉じ込められてしまったのである。

第三話『愛について』

一夜明けて、今度は屋敷の主アリョーヒンが語り手となり、苦い恋の思い出を語る。

彼は四〇歳くらいのインテリの地主貴族で、父親が残した負債を返済するため、広大な領地に移り住んで経営の立て直しをはかっている。第一話、第二話の主人公に比べてはるかに魅力的な人物だが、彼にもまた彼の「箱」がある。

学者か芸術家に向いていると自他ともに認める彼が、慣れない領地経営にたずさわり、自ら農地で激しい労働に明け暮れているのは、負債の原因が、ひとつには自分の教育費にあったからだという。彼は責任感から、返済がすむまで領地にとどまるつもりなのだ。ブールキンたちを迎えたときも、土砂降りの中を、水車小屋で泥とわらにまみれ、眼も鼻もほこりで真っ黒にして働いている最中だった。当初は知的で文化的な生活と労働とをうまく調和させられるものと思っていたが、すぐに破綻し、農繁期にはベッドにたどりつくことさえできず、納屋や森の番小屋で寝てしまうありさまである。ブールキンたちと水浴場に行き、「数ヶ月ぶり」に身体を洗うと、まわりの水は最初「こげ茶色」にそまり、次に「インクのような藍色」にそまって、ふたりの客を驚かせる。大学を出て領地に来てからすでに二〇年近くたつはずだが、経営はいっこうに好転しない。周囲の人びとは、そんな彼を見て「まるで籠のなかでむなしく車を回すリスのようだ」と思っている。

アリョーヒン自身、領地経営は「正直なところ気が進まず」、厳しい農作業になじめなくて、「まるで田舎の猫が空腹のあまりきゅうりを齧ったときのような、渋い顔をしていた」と、告白している。負債を返す道はほかにもあったはずだが、なぜ彼はそんな無理をしてまで領地で働いているのだろう。自分が使ったものは自分で働いて返さなくてはならないというアリョーヒンの考え方には、明らかに当時のトルストイの影響が見られる。貴族が農民の過酷な労働に寄生していることを堕落の根源と見、道徳に寄与しない学問や芸術よりも、自ら額に汗して働くことをよしとしたトルストイは、領地のヤースナヤ・パリャーナで、農耕と禁酒、禁煙、菜食の「簡素な生活」を実践している。その行動は、八〇年代の弾圧で行き場を失ったインテリをひきつけ、田舎暮らしや労働生活の流行をうんだ。アリョーヒンは誠実であるだけに、貴族の特権の上にあぐらをかくことを人一倍後ろめたく感じ、働かなければという義務感で自分を縛っているのである。

チェーホフは『わが人生』（一八九六）で、やはりトルストイの影響を受けてはいるが、一風変わったおもしろい青年を描いている。青年はアリョーヒンより主張が明確で、知人から「どうせならあなたのその力を偉大な学者とか、芸術家になるために費やせば、あなたの生活はもっと広がりを持ち、深くなり、あらゆる点でより実り豊かになるんじゃありませんかね」とか、「カタツムリが殻の中で道徳をほじくりながら、自己完成にふけっていても、進歩といえるでしょうか」と言われると、「わずかな強者が多くの弱者の血を吸わず、誰もがひとしく労働するようになることこそ、唯一必要なほんとうの進歩です」と答えている。けっきょくこの青年は、試練と葛藤のすえ、ペンキ屋職人として生きる道を選ぶが、多くの場合、真の内的動機をともなわない農耕生活は、自己の変革にも、社会の変革にもつながらなかった。トルストイ自身は安易な同調を戒め、若かった作家のブーニンに「型にはまってはだめです。どんな生活をしていても、よい人間になることはできます」と語っている。チェーホフは、トルストイの人間や社会にたいする鋭い洞察力と、国家権力をも恐れぬ強靱な精神力、行動力に深い信頼と敬意をよせたが、農耕生活の理想化や科学の否定には与せず、安易な模倣者に批判的だった。「カタツムリが殻の中で道徳をほじくりながら、自己完成にふけっている」という傑作な表現にも、批判の一端がうかがえよう。

イヴァン・イヴァーノヴィチは、先に「人間には三アルシンでなく、地球全体、自然全体が必要だ」と言ったとき、こうしたインテリの田舎志向を、現実からの逃避であり、「偉業なしの修道院生活」だと批判している。その表現は、「リスが籠のなかでむなしく車を回す」という比喩と重なり、ほんらいなら知識人のもっとも良心的な部分として、自分のためにも、世のためにもなにかをなしうるアリョーヒンが、義務感にしばられて、誰のためにもならない農地経営を続け、喜びのない禁欲生活を送っていることを、象徴的に表わしている。彼には彼の「箱」があると言ったのは、ひとつにはこの義務感のことである。

アリョーヒンは、恋においてもほんとうの自分を「箱」に閉じ込めてしまう。

あるとき名誉治安判事に選ばれて、彼は町へ出かけるようになる。たまに着るフロックコートや、ゆったりとしたひじ掛け椅子や知的な会話は、灰色の労働にぬりつぶされた日々の慰めとなった。やがて彼は、裁判所副所長のルガノーヴィチと親しくなり、妻のアンナに恋をする。彼女にはすでに六ヶ月になる赤ん坊がいたが、アリョーヒンはこの若く美しい知的な女性をひと目見たときから、自分にとても親しいものを感じる。チェーホフは、ふたりの出会いがそれぞれに意味ある出会いであったことを、なに気ない食事の場面を通して伝えている。

アリョーヒンがはじめてルガノーヴィチの自宅に誘われたときのこと、アリョーヒンは、今終えたばかりの審理で、四人のユダヤ人がまともな裏付けもなしに放火犯として起訴されたことにショックをうけている。昂る気持ちを抑えかねて話しつづける彼にアンナは関心を持ち、信じられないという風に首を振りながら耳を傾ける。彼女にとって、裁判の話を聞くのははじめてだったに違いない。なぜなら、彼女の夫は「裁判にかけられるということは、つまり、なにかしでかしたということで、いったん決定されたものを私的な場でとやかく言うべきではない」という意見の持ち主であったから。

この裁判をめぐって、ルガノーヴィチとアリョーヒンの違いが明らかになる。アンナが夫に、なぜそんなことが起こるのかと訪ねると、彼は「もの柔らかな口調」で、「我々は放火なんかしていないね。だからこのとおり裁判にもかけられないし、監獄にも入れられないんだよ」とさとすように言い、そのような関心は無用であることを妻にわからせようとするのである。ルガノーヴィチには、人種的偏見も作用したはずのずさんな審理が、四人のユダヤ人の運命を狂わせたことへの痛みはない。公の判断は常に正しく、決まったことは守るべきなのである。彼は、アリョーヒンのようなおなじ社会層の人間に対してはじつに親切で、それなりの地位もあり、世間の眼にはきわめて善良で立派な社会人として通用しているが、作者は彼を、体制の中におさまって他人の不幸に無関心な「幸せな人びと」として描いている。

ある意味では、ルガノーヴィチとこれまで仲むつまじく暮らしてきたアンナもまた、「幸せな人びと」のひとりだったと言えよう。しかし、彼女は、アリョーヒンのことばによって目覚めるものを自分の内に持っていた。半年後、劇場でアリョーヒンに再会した彼女は、こう言う。

あのとき、あなたは、熱に浮かされたようにたくさんお話になりましたわ。とても興味深くて、じつを言うとちょっと惹かれてしまったくらい。

ここではまだ、好意のこもった社交辞令の域を出ていないが、彼女が抱いた人間的な関心がすなおに語られている。作者はアリョーヒンの誠実さを、ほかの事実によっても伝えている。第二話でブールキンたちの目をみはらせたアリョーヒン家の美しい小間使いは、どういうわけか、酒のみで気が荒く、風采もあがらないコックを愛している。コックは酔っぱらうと、彼女をののしったり、殴ったりするので、アリョーヒンは、そういう日は必要とあらば彼女を守ろうと、他の召使いとともに家を離れずにいる。また彼が自分に許している唯一のぜいたくという屋敷づきの召使いたちは、親の代からいて、暇をだすのに忍びない者たちなのである。

アンナは、審理をめぐる会話の中から、アリョーヒンのよき本質を聴き取ったのであり、アリョーヒンもまた、彼の人間的な苦悩に共鳴してくれる魂をはじめて身近に得たといえよう。ふたりの人生はそれぞれに大きな意味をもって交差したのである。やがてアリョーヒンは、折にふれて、互いに相手なしではいられないと感じたり、彼女が彼にではなくルガノーヴィチに先に出会ったことは、なにかの恐ろしい間違いだったと思うようになる。

しかし、彼もアンナも、この出会いを大切にすることができなかった。もしも打ち明けたらどうなるか、家族に対する道義的責任や周囲の目、またいっしょになったとしても、果たして相手を幸せにできるのかなど、さまざまな思いにとらわれ、逡巡したのである。ルガノーヴィチの転勤が決まるまで、ふたりの時間の大半は、それぞれの胸のうちでの思案や、葛藤や、嫉妬に費やされ、自分自身にさえほんとうの心を隠そうとした。その中でアンナは神経を病み、夫の転勤より一足先にひとり保養地に発つことになる。

出発の日、列車の最終ベルまでのわずかな時間に、コンパートメントでふたりきりになる偶然にめぐまれる。ふたりの眼が合ったとき、アリョーヒンは思わずアンナを抱きしめ、互いにはじめて心を開く。アリョーヒンは胸の内を打ち明けながら、「今まで愛することを妨げてきたすべてのことが、どんなに不必要でとるにたりないものであったか、どんなにまやかしであったか」を、灼けつくような痛みとともに悟るのである。しかし、時間はすでに尽きていた。彼は打ちひしがれて

「リスの生活」に戻ってゆき、アンナは人生に破れた思いをいだいて保養地に発つ。アリョーヒンが得た教訓は、次のようなものだった。

恋をしてあれこれ思案するなら、世間でいう幸不幸、善悪よりもっと高い、もっと大切なものから出発すべきです。でなければ、はじめからなにも考えないことです。

「もっと高い、もっと大切なもの」とは、いったいなんだろう。ふたりが思い悩んだことは、古今東西多くの男女の胸中でくり返されてきたことでもあろうが、それはすべて「とるにたりないもの」「まやかし」なのだろうか。アリョーヒンのことばは、そんな問いを生じさせずにはいない。しかし、この一節は第二話の「人生に意味や目的があるとしたら、我々の幸せなんかじゃなく、なにかもっと理にかなった大きなもののうちにある」という一節とも明らかに呼応し、日常的な規範や既成の観念をこえて、より根源的な生きることの目的や意味へと読者の思索を誘う。

互いに深く共鳴し、ほんとうに愛しうる存在に出会ったときに、道徳で愛をおし殺すことが、よく生きることになるのかどうか。互いの立場は侵さないとしても、愛することをあきらめる必要があったのかどうか……。

もしもアリョーヒンが、自分のなかのほんとうの声に耳を澄ますことができたなら、これほどみじめな別れにはならず、アンナの存在に励まされて、もっと豊かな人生を生きることができたかもしれない。しかし、規範や通念にかこまれて日常を生きているときに、内奥のほんとうの声をたどることは難しい。アリョーヒンとアンナは、世間の声の方を聞いてしまったのである。

話が終ると、ブールキンとイヴァン・イヴァーノヴィチはバルコニーに出る。ふたりは雨あがりの庭を見ながら、アリョーヒンが今や恋も失って、領地でただこまねずみのように働いているのを、あらためて気の毒に思う。そしてふたりとも面識のあるアンナが、別れぎわにさぞ痛ましい顔をしたことだろうと想像する。

三つの物語のいずれにおいても、人はさまざまな「箱」に入って生き、そのために、他者との間に真率な関係を結べないでいる。ベーリコフは我が身を守ろうと過剰防衛して自らも疎外され、弟は不幸な人びとの隣で自分だけの幸せにひたり、アリョーヒンとアンナは、人生の同志を愛しそこねている。

人がさまざまな「箱」をやぶって「自由な人間」になるとき、他者との間にも、はじめてほんとうの通路がひらかれる——それも、三部作の底を流れる大きなテーマである。

『犬を連れた奥さん』――「箱」からの解放

1

チェーホフは愛についてどう考えていたのだろう。

彼の手帳には、「恋をしているとき我々の身におとずれるものが、もしかするとあるべき状態なのかもしれない。恋はあるべき姿を教えてくれる」「愛。これは、かつては巨大だったが、退化しつつあるなにかのなごり、または、将来巨大なものに成長するはずのなにかの萌芽であり、今のところは満足させてくれず、期待よりはるかに少ししか与えてくれない」等々のことばが書かれている。これらのことばは、彼自身の考えとも、作品のためのメモとも決めがたい。では、『愛について』の最後におかれた「恋をしてあれこれ思案するなら、世間でいう幸不幸、善悪よりもっと高い、もっと大切なものから出発すべきです」ということばはどうだったのだろう。わかりそうでわからないこの一節は、愛についてのチェーホフ自身のメッセージだったのだろうか……。

私は、そうだったと思う。なぜなら、彼は翌年書いた『犬を連れた奥さん』(一八九九)でもう一度このテーマをとりあげ、自由になることと、愛すること、真に生きることが結びついてゆく過程を描き、『愛について』ではことばのレベルにとどまった「もっと高い、もっと大切なもの」を、主人公たちの姿をとおして伝えているからである。『犬を連れた奥さん』はチェーホフ後期の傑作で、彼の死生観や、過去と現在の恋のなりゆきなども、簡潔で美しい叙述のそこここから感じられる。

主人公はグーロフという四〇前の男で、大学の文学部を出、かつてはオペラ歌手をめざしたこともあるが、今は銀行勤めをし、モスクワに家を二軒持っている。大学二年のときに「結婚させられて」、子どもが三人あり、妻は自ら知的な人間と称するもったいぶった女性で、彼より五割方ふけて見えるという。どうやら、裕福な暮らしではあるものの、結婚と仕事は不本意なものであったようだ。彼は妻を煙たがって家にいるのを好まず、浮気を重ねて、女の話になると「低級な人種さ」とうそぶいている。そんなグーロフが、保養地ヤルタでアンナ・セルゲーエヴナという若い人妻と出会い、別れや再会を通して、ほんとうの愛にめざめていくのである。

この作品と『愛について』との類似を指摘することは難しくない。人物の設定や多くの細部は、驚くほど似かよっている。いずれの主人公も知的でソフトな中年の男性で、ヒロインは二〇歳そこそこの、一見平凡だが内面に魅力をひめた人妻であり、彼女たちの夫はこれまたよく似て、権力におもねり、世間に順応して生きている。そして、どちらの主人公も、それぞれのアンナに出会ったとき、これまでに感じたことのない新鮮な印象を受け、やがてかけがえのない存在であることを自覚していく。記述の面でもふたつの作品は対応している。

〈アンナと別れたあとのこと〉

この金髪のすらりとした女性の思い出は、ずっと心に残っていました。とりたてて考えるわけではないのですが、まるで心に淡い影を落としているかのようでした（『愛について』、以下『愛』とする）。

アンナ・セルゲーエヴナは夢には現われず、どこへでも影のように寄り添って、彼から離れないのだった（『犬を連れた奥さん』、以下『奥さん』とする）。

〈劇場で主人公がそれぞれのアンナにいだく思い〉

見ると、県知事婦人と並んでアンナ・アレクセーエヴナがいるではありませんか。またもや、なんてきれいなんだろう、なんて素敵な優しい瞳だろうと、あのときと同じあらがいがたい印象にうたれ、ふたたびあの近しさを感じたのです。

私は黙って彼女の手からオペラグラスを取りながら思うのでした。この人は私に近しい人だ、私のものだ、私たちはお互いなしではやっていけないと（『愛』）。

アンナ・セルゲーエヴナが入ってきた。彼女を見たとき、グーロフの胸はぎゅっと締めつけられ、はっきりと悟ったのだった。彼にとって、今や世界中でこれほど近しく、貴く、大事な人はいないのだということを（『奥さん』）。

〈自分と彼女こそが結ばれる運命にあるという自覚〉

なぜ彼女はあんな男などに出会って、私に出会わなかったのか。どういうわけで我々の人生にこんな恐ろしい間違いが起こらなければならなかったのか（『愛』）。

ふたりは、運命そのものが彼らをお互いのために定めておいたような気がして、なぜ彼に妻があり、彼女に夫があるのかわからないのだった（『奥さん』）。

このような一致を見てくると、『犬を連れた奥さん』のヒロインが、わざわざアンナ・セルゲーエヴナという、『愛について』のヒロイン（アンナ・アレクセーエヴナ）とよく似た名にしてあることも、作者自身がその連続性を意識した証とみとれなくもない。チェーホフは『愛について』を大きくひき継ぎながら、もう一度より深く、別の道をたどった愛について語ろうとしているようにみえる。

その過程で、前作では形象としてややあいまいだったヒロインが、ここでは変わろうとする時代の空気をおびた女性として登場し、ふたりの恋がより大きな社会的背景のなかに置かれたことも注目に値する。

2

作品は、四つの短い章から成り立っている。海岸通りに現われた「新顔」の奥さんにグーロフが接近するまでを描いた第一章。ふたりが結ばれるある祭日の一日と、その後の日々を簡単につづった第二章。モスクワに帰ったグーロフの気持ちの変化と、彼女が夫と暮らす地方都市S市での再会を描いた第三章。そしてモスクワのホテルでのある日の逢瀬を描いた第四章。つまり、ヤルタ、S市、モスクワと場所を変えながら、それぞれの時期のエッセンスのような四つの出会いを描くことによって、新しい愛への移りゆきがみごとに刻まれてゆくのである。

第一章でグーロフは、新しく海岸通りに現われた「犬を連れた奥さん」に、そのスピッツを口実にしてたくみに接近し、知り合いになる。その夜彼は、眠る前に、明日もまたふたりは会うことになるはずだと確信しつつ、彼女の印象を反芻する。世間ずれしていない初々しさ、遠慮がちなぎこちなさ、ほっそりとやさしげな首、美しい灰色の眼……。

それにしても彼女には、どことなくいじらしいところがある。

女については「低級な人種さ!」と公言し、そう言ってもかまわないだけの経験をしてきたと自認するグーロフだが、海岸通りの「新顔」は、彼の女性遍歴においてもまた、今までにない「新顔」だったようである。

第二章でふたりの関係が始まるが、グーロフの遊びをふくんだ気分と、アンナの真剣さとのくいちがいが、この章を通して感じられる。グーロフにしてみればアンナの部屋へ行き着くまでは、きっかけづくりから気のきいたおしゃべり、飲み物などのこまめなサービス、相手の心の機微をとらえての、しかし人目はちゃんと警戒してのくちづけ等々、すべては心得ずみの手順だった。彼は抱擁の間も、これまでの女性をあれこれ思い浮かべて比較する。

『犬を連れた奥さん』さし絵

屈託がなくてお人好しで、愛されて陽気になり、一時《いっとき》にせよ幸せにしてくれたことを感謝するタイプ、妻のように愛し方にも心がこもらず、まるでそれが愛や情熱ではなく、何かもっとたいそうなものとでも言いたげなタイプ、すごい美人だが冷ややかで、その顔に狡さや、人生がくれる以上のものを掴んでやろうという強欲さがさっと走るようなタイプ。

しかし、アンナ・セルゲーエヴナはそのいずれにも属さないのだった。彼女には、初対面のときと同じ「すれていない若さのもつ、おずおずとぎこちない感じ、不器用さ」があり、起こったことにうちのめされているようすは、グーロフにとってまったく予期せぬ反応だった。

この「犬を連れた奥さん」は、今起きたことを何か特別な、とても深刻なことのように受けとめている――そんなふうに見えたが、それはおかしな、この場にそぐわないものだった。

アンナがさらに「神がゆるしたまわんことを」と涙ぐむのを見て彼は、「まるで言い訳をしているみたいだ」と言う。しかし作者は、アンナにとってそれがおかしくも場違いでもなかったことを、彼女自身に語らせている。

どうして言い訳などするでしょう。私は、いけない、見さげはてた女です。自分で自分を軽蔑していますもの、言い訳などするつもりはありません。私が裏切ったのは、夫ではなく、自分自身なんです。……夫は正直でいい人かもしれませんわ。でも従僕（卑屈で人のご機嫌をとるような人間）なんです。あの人がなにをしているのか、どんな風に働いているのか、私は知りません。でも、従僕だということだけはわかっています。結婚したとき私は二〇歳で、好奇心で苦しいほどでしたわ。なにかよりよいものが欲しくて。だってあるはずよ、こんなじゃない生活が、と自分に向かって言いましたわ。ぞんぶんに生きてみたかったんです。生きたくて、生きたくて。……それで胸が焦がれ、どうしようもなくなって、夫には病気だと嘘をついてここに来ました。ここでは熱に浮かされたように、まるで気がふれたように歩き回ってばかりいましたわ。……そしてとうとう、こんな風に、誰に軽蔑されてもしかたのない、愚かなあきれた女になってしまったんですわ。

彼女がヤルタにやって来たのは、他の保養客のように、のんびりと無為な生活を楽しみ、あわよくばかりそめの恋でもして気晴らしをしようというのではなかったのである。『愛について』のアンナが、アリョーヒンに会うまでは夫とも仲むつまじく幸せに暮らし、自分の生活に疑問を抱いてなかったのにたいし、こちらのアンナは、卑屈な夫や死んだような生活に耐えきれず、切れば血の出るような人生への若々しい好奇心と憧れを抑えることができなかったのである。

親の厳しい監督と束縛のもとにある娘たちにとって、結婚は、その束縛から解放されるほとんど唯一の手段だったが、多くの場合それは、あらたな束縛のはじまりにほかならなかった。この作品の原型のひとつといわれる『ともしび』のヒロインは「教育を受けても自分をいかす術もなく、娘の暮らしも息がつまるし、結婚しても息がつまります」と語っている。また『生まれ故郷で』(一八九七)という作品では、知識も教養も身につけたヴェーラという娘が、「よりよい生活」への希望を抱いて生まれ故郷に帰るものの、結局は田舎の地主屋敷で無為な生活を送るほかないのだと悟り、気のそまぬ結婚生活へ入っていくさまが描かれている。

多くの女性たちが、根強い因習の中で夢をあきらめ妥協していたことを思うと、生きるに値する人生を求めるアンナの一途さには、チェーホフが最後に書き上げた『桜の園』(一九〇三)のアーニャや、『いいなづけ』(一九〇三)のナージャのように、古い結婚を拒み、新しい世界へ飛び出してゆく娘たちに通じるものがある。アンナの造型には、もしかすると、チェーホフが当時親交を深めつつあった女優オリガ・クニッペルの影響があったかもしれない。彼女は早くから女優になりたいという熱い思いをいだいていたが、厳しかった父の生存中はとても許されず、亡くなってのちはじめてその一歩を踏み出した人だった。チェーホフは彼女の清新な舞台姿と、ぞんぶんに生きようとする情熱に惹かれていた。

グーロフの心に残ったアンナの「いじらしさ」は、たんなるか弱さではなく、中流貴族の若い女性が、支えとなる思想も仲間ももたず、自らの熱い思いひとつをたよりに日常を飛び出し、飽食した人びとのなかで、心細さや、男たちの好奇の眼とたたかっている「いじらしさ」ではなかっただろうか。

アンナはグーロフのなかに、「従僕」の夫とはまったくちがう「俗ではないもの」を感じたが、この間のいきさつは、どうしても「魔がさした」としか思えなかったのである。もしも行きずりの関係にすぎないのであれば、真実なものを求めていた自分への裏切りであり、堕落と呼ぶほかない。彼女は、グーロフのなかに感じたなにかを信じたい気持ちと、罪の意識の間で揺れている。

思いを吐露する前の長い沈黙の場面で、「昔の絵の罪の女」（ルカ福音書七章に出てくる娼婦をさす）のようにうち萎れているアンナと、その傍らでゆっくりとスイカを食べているグーロフの姿は、それぞれの心が別々の世界をたどっていることをよく伝えている。その隔りは、アンナが夫の病でヤルタを発つ日まで変わらない。新しい出会いに「まるで生き返ったような」グーロフにたいし、彼女は「不眠と動悸を訴え」、「しょっちゅうもの思いにしずみ、いつもグーロフに、彼女のことを軽蔑していて、少しも愛してなどいないのではないかと迫る」のだった。ふたりは、この出会いがなにであるかを確かめられないまま別れることになる。

3

モスクワに帰ったグーロフは、銀行勤めやクラブ通い、レストランでの食事や名士たちとのつきあいといったもとの生活にもどる。しかしやがて彼は、アンナがこれまでの女性のように記憶のかなたに去っていかないことに気づく。子どもたちの宿題の声が書斎に伝わってくる静かな夕べや、レストランで歌やオルゴールの音色に耳を傾けるとき、あるいは暖炉で吹雪が咆哮するようなとき、ふいに、ヤルタでアンナと過した時間が、虚飾に満ちたモスクワの生活とは異質なできごととして蘇ってくる。

はじめてふたりが結ばれた夜、馬車でドライブしたヤルタ郊外のオレアンダでは、夜明けの雲や山々の美しいたたずまいを眺め、太古からくり返されてきた気が遠くなるほど単調な波の音に耳を傾けながら、「永遠」のいとなみを感じ、「存在の高い目的」について考えたのだった。

ここに、まだヤルタもオレアンダもなかったころも、海はこんなふうに轟き、今も轟いている。そして我々がいなくなったあとも、変わることなく無関心に、深くにぶく轟き続けることだろう。この不変性、我々一人ひとりの生死に関するまったくの無関心の内にこそ、もしかすると、我々の永遠の救いや、この地上で途切れることなくくり返される生命の運動や絶えざる完成の保証があるのかもしれない。暁にひときわ美しくみえる若い女性とならんで座り、海と山と雲と広い空からなるおとぎ話のようなたたずまいに心が落ちつき、うっとりとなったグーロフは、思うのだった。じっさい、よく考えてみれば、この世のすべてはうるわしいのかもしれない。我々が、存在の高い目的や、自らの尊厳を忘れて思ったりしたりすること以外のすべては。

グーロフは、豊かな暮らしを享受しているが、ときおりなにかに耳を傾けながら、日常から立ち止まって内省を深めることがある。夜明けのオレアンダや、秋の気配の漂うプラットホーム、夕べの書斎でもの思うグーロフは、自分の内部の遠い声に耳を澄ませているかのようで、アンナが「ほかの人とは違う、俗でないもの」を感じたのもまちがいではなかったのである。モスクワの生活は、なぜかグーロフをこれまでのように満足させてくれなかった。ある日知人のなに気ないことばをきっかけに、その生活の偽りや虚飾、醜悪さを一瞬のうちに自覚する。

なんという野蛮な習慣、なんという連中だろう！　なんとわけのわからない夜に、退屈で陳腐な日々を重ねていることか！　カルタにうつつを抜かし、たらふく食って酒に酔い、いつも同じことしかしゃべらず……そんなことに最良の時間、最良のエネルギーをすべて費やし、けっきょくあとに残るのは、しっぽも羽ももぎとられたおそまつな生活、しかも、そこから逃げ出すことはできないんだ、精神病院か懲罰部隊に入れられているように！

これは、『箱に入った男』でイヴァン・イヴァーノヴィチが、これもまた「箱」ではないかと指摘したのとおなじ、惰性とほどほどの満足にくるまれた生活である。グーロフはその醜悪さをはじめてはっきり自覚する。それは、彼の心がヤルタへの回帰をくり返し、アンナの「いじらしさ」やオレアンダの夜明けを反芻するなかで準備されていったものだろう。彼もまた、心の底ではほんとうに生きることを求めていたのである。

偽りの生活から逃れたいというアンナの焦燥は、今やグーロフのものでもあった。気がついてみれば、家庭にも職場にも社交の場にも、彼が思いを分かつことのできる相手はいなかった。周囲の世界に大きな違和感を感じたグーロフは、S市にアンナを訪ねずにはいられない。それは、ヤルタであれほど隔っていたアンナの心に向かっての旅でもあった。

地方都市S市の印象は、「灰色」のイメージを重ねて描写されていく。ホテルの灰色のラシャの敷物、灰色の毛布、飾りの頭がかけたほこりだらけのインク壷、アンナの家の前に兵舎か精神病院のように伸びる、釘の出た長い灰色の塀……そして、家の奥からかすかに伝わるピアノの音色は、生気のない町で窒息しそうなアンナの日常をよく伝えている。グーロフは、アンナの苦悩を理解する。

今やグーロフに、ヤルタでの自信と余裕を見い出すことはできない。裕福に暮らしているらしいアンナの家のまわりをなす術もなく歩いていると、ふいにヤルタでなじんだ白いスピッツが姿を見せる。かつては彼女に近づく道具に利用したのだったが、今のグーロフは胸の昂まりを抑えかねて、呼び寄せようにもその名が思い出せないのである。

一方、グーロフへのやみがたい思いに苦しみつつ、出口を見失いかけていたアンナは、劇場でのあり得ないはずの再会に驚愕する。ふいに鳴るヴァイオリンとフルートの音合わせを皮切りに、ふたりがやみくもに歩いていく場面の、眼に映り、過ぎてゆく人や物のハイテンポな描写は、まるで映画の手法のように新たな展開を告げている。ヤルタではあれほど人目をはばかったグーロフは、階段の踊り場から見下ろしている中学生にもかまわず、彼女を抱きしめくちづけの雨をふらせる。

4

終章は、二、三ヶ月に一度モスクワに出てくるようになったアンナとのある日の逢瀬を描いている。グーロフは、前日から常宿の「スラヴャンスキイ・バザール」で彼を待ちかねているアンナを訪ねる。長いくちづけの後、アンナはあふれる感情を抑えかねて泣き、グーロフはその傍らでお茶を飲みながら、彼女の気持ちがおさまるのを待っている。ヤルタのホテルでのスイカの場面によく似ているが、今のグーロフには、彼女が泣くのは、「ふたりの人生がこんなふうに、人目を忍ばなければならず、泥棒のようにこそこそしなければならないようにできているのがつらいから」だと、よくわかっている。おそらく、逢瀬のたびにこのような場面が重ねられているのだろう。グーロフには、「いつかはすべて終らざるをえない」というあきらめがあり、ころあいをみて、優しいことばや冗談で彼女の気持ちを紛らせようと近づいてゆく。

しかし次の瞬間、彼はなに気なく鏡を見、そこに思いがけず老いた自分を見い出す。鏡のなかのグーロフは、自信もプライドも、まとっていたものすべてが剥がれ落ちたかのように、無防備な初老の姿で立っていた。

当時のモスクワ

彼の頭はもう白くなりかけていた。この数年間にこんなに老けてしまい、容貌も衰えたのが不思議に思われた。彼の掌《て》がのっている肩はあたたかく、こきざみに震えていた。彼はこの命に哀しみとい《サストゥラ》とおしさ《ダーニエ》をおぼえた。まだこんなにあたたかく美しい、でもおそらく、彼の命と同じように、色褪せ、萎れはじめる日も近いであろうその命に。……彼は、頭が白くなった今になってようやく、まっとうに、真に人を愛したのだった——生まれてはじめて。

グーロフが知ったほんとうの愛を、チェーホフは「サストゥラダーニエ」ということばで伝えている。アンナの命も、グーロフの命も、束の間を生きて消えていく。今はまだあたたかく美しいアンナの命も、偽りの生活を生きて終る自分の命のように、灰色の生活のなかに消えてゆく……。グーロフは、おなじ存在の哀しみと、ふたりが今生きていることのたとえようのないいとおしさ、かけがえのなさにうたれている。

アンナ・セルゲーエヴナと彼は、身近な血のつながった者どうしのように、夫と妻のように、優しい友だちのように愛しあっているのだった。ふたりは運命そのものが彼らを互いのために定めておいたような気がして、どうして彼に妻があり、彼女に夫があるのかわからなかった。これはまるで、捕えられて別々の籠に入れられたつがいの渡り鳥のようだった。彼らは自分たちの過去において恥じていることを互いにゆるし、現在のすべてをゆるしあい、この愛によってふたりともが変わったことを感じていた。

ヤルタのホテルで結ばれたときから、彼らの愛はなんとはるかな距離をこえたことだろう。グーロフは、ほんとうに変わったのである。

以前は気分が滅入ると、頭にうかんだありとあらゆる理屈で自分を慰めてきた。しかし今は、理屈どころではなかった。哀しみ《サストゥラダーニエ》といとおしさに満たされ、ただ誠実で優しくありたかった。

かつて「女は低級な人種」だとうそぶいていたグーロフは、はるか後方に去っている。ここで「理屈」と訳した「ラッスジュヂェーニエ」は、『愛について』のふたりを縛った「思案」とおなじことばである。グーロフのアンナの苦悩に向かっての旅は、世間的な「ラッスジュヂェーニエ」を脱いでいく旅であったともいえよう。それが消えたところで、ふたりは魂を通わせ、ゆるしあっている。そこにあるのは、傷ついたもの同士が傷を嘗めあう閉じた世界ではない。「サストゥラダーニエ」はグーロフの心に、誠実でありたい、優しくありたいという、人間的な心をもたらしている。それはアンナだけでなく、他の人びとの上にも広がっていく思いであることを、読者はつぎのような場面から知ることができる。

ホテル「スラヴャンスキイ・バザール」に向かう途中、グーロフは自分の娘を女学校《ギムナジウム》に送りとどけている。大きなぼたん雪の中をならんで歩きながら、彼は「気温は三度なのに、雪が降っているねえ」「これは、大気の上の方の温度が地表とまったく違っているからなんだよ」と説明してやり、「冬に雷が鳴らないのはどうしてなの」という問いにも答えて、大気の上と地表ではまるでちがう自然のしくみを説明しながら、だれも知らない自分たちの恋、ほんとうに大切な生活と「公然の生活」が別々に進行していることへと、思いを誘われていく。

こうして逢引にでかけているが、だれもそれを知らないし、おそらくこれからも知ることはないだろう。彼にはふたつの生活があるのだった。ひとつは必要とあらばだれもが目にし、知ることのできる公然の生活で、かっこつきの真実とかっこつきの嘘に満ちた、彼の知人や友人たちとおなじ生活、もうひとつは、秘密に進行している生活だった。なにか偶然ともいえる奇妙なめぐりあわせで、彼にとって大事で興味ぶかく、なくてはならないもの、そこでは彼が真摯になり、自分を欺かずにいられるようなもの、生活の核をなしているようなものすべては、他人の知らないところで進行し、逆に、銀行での勤めやクラブでの議論、彼のいう「低級な人種」や、記念祝典への妻との出席のように、偽りであり、真実をかくすための覆いであるようなものすべては、公然に行われているのだった。

逢引に向かいながら娘となかよく歩いてゆくグーロフに、欺瞞的なものを感じる読者もあるだろう。家族を裏切って、人が豊かになれるのかという問いに、世間の道徳は否と答えるにちがいない。しかし、このグーロフの姿には、娘も自分も大切にし、矛盾を問いつつ生きている真摯な印象がある。妻のことは、ここにはひと言も書かれていない。しかし、今のグーロフには、これまで毛嫌いし、ひそかに軽蔑してきた妻もまた、プライドや財産や多くのものにとらわれて、限られた人生を生き損ねているのであること、それは今までの自分とおなじであることが見えているはずなのである。

『愛について』のふたりが、失うもののみ多く、アンナにいたっては神経を病んで、「夫の顔も子どもたちの顔も見たくなくなっている」のを思いあわせるとき、道徳を遵守することが、ほんとうによく生きることには必ずしもつながらない、というパラドクスを知らされるのである。

グーロフは、心の奥の真実を求める声にしたがって進んできた。彼らの今を、幸福とも不幸とも名づけることはできない。しかし、ふたりが既成の観念やあきらめや惰性という「箱」を出て、人を真に愛したのはたしかである。小説の最後はこう結ばれている。


ふたりは長い間相談し、どうすれば、隠れたり嘘をついたり、別々の町に暮らしてたまにしか会えない生活からぬけだせるだろうかと話しあうのだった。どうしたら、この耐えがたい枷《かせ》を逃れられるのだろうか。

「どうしたら、どうしたら」頭をかかえながら彼は問うのだった。「どうしたらいいのか」

あと少し、そうすれば、どうしたらいいかがわかり、そこから新しい素晴らしい生活が始まるのだという気がした。しかしまたふたりには、おしまいまでにはまだまだ遠く、一番複雑で困難なことがやっと始まりかけているにすぎないことが、よくわかってもいた。


新しい展望はまもなく開かれるのか、それとも、それは願望にすぎないのか——前半の漠然とした希望は、後半の厳しい現実によっても打ち消されてしまってはいない。ふたつは次元がちがい、前半は、ふたりの人生が大きな社会の動きのなかでとらえられているようにみえる。欺瞞に満ちた社会からそれぞれの結婚や人生の苦悩が出てきた以上、その社会の変化をぬきにして、ふたりだけの「新しい素晴らしい生活」はありえない。それがもう少しで始まりそうに思えるのは、時代の扉が開こうとしているおぼろげな予感であり、この愛が、歓びも哀しみも苦悩もふくめて、自分たちを古い淀んだ生活から引き出したと信じるところに生まれる希望であろう。

それにたいして後半は、ふたりを現実に待ち受けている具体的な困難のようにみえる。離婚することは容易でなく（結婚の承認権は教会にあり、離婚は宗教裁判所で審理されたが、配偶者の流刑または五年以上の消息不明、その他訴訟によるという厳しい条件が課され、訴訟で離婚を勝ちとることはきわめて難しかった）、たとえ離婚できたとしても、家族のことや、どんな生活がいったい可能なのか思案はつきない。しかしそれは愛を縛る思案でも、自分たちだけの幸せを求めての思案でもなく、偽りのないほんとうの生活とはなになのか、どうすればほんとうの生活ができるのかを求めての思案なのである。

結婚――大きな人間

1

家庭は、愛で結ばれた、支配も従属もない場でありたいと考え、『愛について』や『犬を連れた奥さん』で男女の愛を問うたチェーホフは、どのような結婚をしたのだろうか。

モスクワ芸術座の女優オリガ・クニッペル（当時三二歳）との結婚は、チェーホフ四一歳のとき、亡くなる三年前のことだった。それは、よく知られているように、当時としてはきわめて珍しい別居結婚となった。三七歳のときの大喀血のあと結核が好転せず、気候の厳しいモスクワでの暮らしを医者に禁じられたチェーホフは、暖かい黒海沿岸のヤルタに移り住んでいたが、オリガは結婚後もモスクワにとどまって女優を続け、芝居がシーズンオフになる夏だけヤルタに来ることになった。

世間は、四〇過ぎまで独身を保ったこの病身の作家と、新進の人気女優との別居結婚を奇異の眼で見た。すでに死を意識せざるをえなかった時期に、このような形で結婚に踏み切ったチェーホフの心は、どういうものだったのだろうか。

ロシアでは、ふたりの往復書簡（一九三二、一九三四、一九七二年の三回に分割されての刊行となった）によってこまやかな愛情の詳細が知られるようになったが、わが国では、おそらくオリガ側の資料が手に入りにくいことにより、チェーホフにくらべて彼女の存在を低く見る傾向がある。彼女が結婚に乗り気でないチェーホフを押し切った、あるいは、自分を守りたかったチェーホフは別居生活でちょうどよかったのだ、等々。しかし、二〇〇三年に新しく一巻本にまとめて刊行された往復書簡（チェーホフ発四三〇余通、オリガ発四〇〇通）を通して読むと、ふたりが最初からどれだけ惹かれあい、別離に耐えていかに心を通わせあったかがよくわかり、オリガもまた稀有な女性であったことを感じずにはいられない。ここでは、できるだけふたりの発言にそくして、その結婚をみてみよう。

チェーホフがはじめて彼女に会ったのは、一八九八年（三八歳）の九月、モスクワ芸術座の『かもめ』の下稽古に立ち会ったときのことだった。一度はペテルブルグで無惨な失敗を見たこの戯曲を、新しい劇団モスクワ芸術座があらためて取り上げることになり、作者と劇団員が期待と緊張のうちに顔を合わせたのである。このときのオリガの印象は書き残されていないが、数日後、チェーホフはふたたび『皇帝フョードル』の下稽古を訪れ、イリーナを演じたオリガについてスヴォーリンに次のように書き送っている。

僕の見るところ、イリーナ役がなんともすばらしい。声といい、気品といい、胸を打つなにかといい、なにもかもが実にすてきなので、喉がむずむずするくらいです。……もしも僕がモスクワに残るのであれば、このイリーナに惚れたでしょう（一八九八・一〇・八）。

オリガの清新な舞台姿に魅了されたチェーホフは、女優としての華だけでなく、演技にあらわれた内面の力にも注目している。冗談めかして書いてはいるが、モスクワを離れても、彼はその姿を忘れられなかったのである。それが証拠に、半年後の一八九九年四月、療養先のヤルタからふたたびモスクワに出てくると、復活祭の第一日目をまってこの女優のドアの前に立っている。それまで誰も表敬訪問などしたことがなかったにもかかわらず……。オリガは、晴れた空に教会の鐘が喜ばしく鳴りひびくこの日、連れ立って、チェーホフの親しい友人であるレヴィタンの絵画展に出かけたことを記している。五月の初めには、彼女がメーリホヴォの客となり、三日間滞在する。

ふたりの往復書簡は、この年の六月一六日、休暇でコーカサスに出かけたオリガにチェーホフが送った手紙に始まるが、すでに、往復書簡を最後までつらぬく心の親密さと、相手の変心を揶揄する明るい冗談が見られる。翌日の手紙（これは妹マリヤが書いた手紙にチェーホフが便乗したもの）の「こんにちは、僕の人生最後の一頁さん、ロシアの大地の偉大な女優さん」という呼びかけには、どんな意味がこめられていたのだろう……。

七月にオリガは、黒海沿岸のノヴォロシイスクまで出てきたチェーホフと落ち合ってヤルタを訪れ、二週間ほど滞在したのち（チェーホフの家はまだ建築中で別々に宿をとる）、バフチサライの泉やアイ・ペトリ山へ立ち寄りつつ、いっしょにモスクワに向かっている。往復書簡は格段に親しさを増し、つつしみを保ちつつもはやたがいに恋心をかくさず、呼びかけにも「いとしい人」「僕の喜び」といったことばが現われる。

『三人姉妹』のマーシャを演ずるオリガ

オリガが自分の演技や批評のことで落ち込むと、「失敗か成功かに目をこらすのは金輪際やめなければなりません。大事なのは、まちがいや失敗はあるものと覚悟し、うまずたゆまずひそかに励むこと、つまり、女優の道をひたすら進むことです。アンコールの回数など、ほかの人に数えさせておきなさい」と、芸術にたずさわる先輩として力強い励ましを送っている。

オリガはのちに、チェーホフという人をふり返り、「人生の本質や魅力をくもらせたり、汚したりするしがらみや、つまらないもの、不必要なものを、すべて払いのけることのできる」人だったと述べている。書簡を読んでいると、目先の現象や些末なものに左右されないチェーホフの大きさを彼女が愛し、彼女のなかにもまた、卑俗なものから自由になりたいという願いがあり、ふたつの魂が共鳴していることに気づく。

オリガは日々演劇に熱中し、劇団仲間や後援者とのつきあいもしばしば深夜や明け方にまでおよぶ、華やかな女優生活をおくっているが、一方で虚飾をきらい、内省も深く、しばしば、自分にたち返るために「新鮮な空気」と「広々とした空間」を求めている。ふたりの仲が決定的になるのは、知り合って二年目の夏、彼女がヤルタに滞在したときのことだが、モスクワに帰ってまもなく、友人の別荘を訪ねたことをチェーホフに書きおくっている。森の匂いや白樺や秋の花々、草の上の露を楽しんだことを告げながら、「アントン、来年の夏はこのあたりの村で過ごしましょう、ね、いかが？　私は、あなたがこのまじりっけなしのロシアの自然、この広がり、野原や草地やくぼ地や、気持ちよい緑におおわれた小川のある風景にどんなに似合うことだろうと、ずっと考えていました」と書き、チェーホフは、そんな自然のなかへなら、どれほどの喜びをもって飛んでいくことかと応えている。また、結婚して別居生活が始まったある日の手紙に、オリガは、すばらしい夕焼けとチェーホフの好きな鐘の音に胸がたかなり、「私たちが閉じ込められている狭い枠から広い世界に飛び出したいと思った」こと、みんなが楽しんでいる都会の生活は、ほんとうの生活ではないように思われること、袋ひとつで世界を歩いてまわりたいと言ったチェーホフの気持ちがわかるということを書いている。演劇だけではないオリガの一面と、自由への憧れ、彼女のなかにあったチェーホフのイメージがよくうかがえるのではないだろうか。

2

結婚の決断は、オリガの側からの、愛しているなら堂々と愛しあって生きたいというまっすぐな訴えにチェーホフが応えたかっこうである。

一九〇〇年の夏にふたりの仲が決定的になったことは、周囲の人びとには秘められていた。しかし、敏感な妹と母はすぐに気づいたらしい。オリガは、それまでとても仲のよかったマリヤの態度が変わり、チェーホフの母も息子をとられたように思っているらしいと気づき、とまどっている。一二月にフランスのニースへ療養にでかけたチェーホフの方も、マリヤと母から全然音信がないとぼやきつつ、おおいに気にしている。ふたりの気持ちは、こうした周囲への配慮もふくみながら、長い別れのたびにいっそう近づき、たがいの人生をむすびつける方へ大きくかたむいていったようにみえる。

オリガはニースのチェーホフにあてて、いつか老いをむかえた自分が、冬の晴れた穏やかな日に、今とおなじように、ドライフラワーになったブーケやリボンを眺めているところを想像したこと、そして、そのとき糸をくるように思い出されてくる過去は、心をあたためため、痛みや鋭さをともなわないものであってほしいと願ったことを、しみじみとした筆致でしたため、チェーホフを感動させている。ただ、オリガにとって「老いる日まではまだまだ遠い……」のだったが、チェーホフの方は、「せめて五年、君と生きることができたなら、老いの手に落ちてもいい、それでも思い出は確実にできるだろう」と、微妙なことばを残している。残された時間は、じっさいには四年にも満たなかったのだが、「死」というあまりに鋭いことばを、チェーホフは「老い」とやわらかく言いかえたようである。手紙ではおくびにも出さないものの、ニースに来ても好転しない健康を知り、チェーホフの心には複雑なものがあったと思われる。彼の健康についてまだ楽観していたオリガが、四月に会うとき結婚してしまいましょうと言うと、チェーホフはそれには答えず、ただ「僕の奥さん」と呼びかけている。

フランスで年をこして、二月にチェーホフはヤルタに帰り、互いに待ちわびた復活祭の休暇をどうするかという相談が始まる。そのなかでオリガは、ヤルタには行かないときっぱり宣言する。「なんのためにこうまでして隠さなければならないのか、隠れることに疲れてしまった、かけらの人生ではなく、いっぱいに満たされた人生を生きたい」というのが彼女の気持ちだった。これ以上マリヤと母親という「ふたつの炎」にはさまれて、「よい知り合いのふり」をしつづける欺瞞や、「また、こそこそして、お母さんが苦しむ姿と、マーシャの困惑した顔を見なければならない居心地の悪さ」に耐えられないというのである。

チェーホフはこのときさかんにオリガをヤルタに誘っているが、じつは体調がきわめて悪く、汽車でモスクワまで長旅をする気力がなかったのである。しかし、彼女の決意がかたいのをみると、それなら自分がモスクワに行こうと返事を書く。このあたりからチェーホフの手紙にも、結婚という文字があらわれるが、態度はまだ迷いを残している。三月一六日の手紙では「文学の方はすっかりなげている。結婚したら、君にも演劇をやめろと言って、ふたりで農園主として暮らすことにしよう」と冗談を言いつつ、すぐに「それは嫌かい？　じゃ、いいさ、あと五年くらい演劇をつづけたまえ、そうすればはっきりする」とつけ加えている。またもや「五年」……この数字が出るたびに微妙なものがまじるのは偶然ではないだろう。作家のブーニンも、ある日チェーホフが「僕に残されたのはあと六年」ともらし、実際はそんなにも生きられなかったことを伝えている。彼には余命数年の自覚がはっきりあったのであり、それを思うと、オリガの人生を自分の人生に結びつけることに、最後まで躊躇せざるをえなかったのではないだろうか。

手紙を受け取ったオリガは、そのニュアンスからチェーホフの不調に気づき、モスクワまでの長旅がもたらす悪影響への危惧と恋しさとのあいだで葛藤している。そのあげくに書いた手紙には、胸を打つものがある。彼女は、ちょうど一年前のモスクワ芸術座のクリミヤ公演の際、一足先にマリヤとともにヤルタの家についたときのことや、チェーホフの手紙の「完全にひとりだ」ということばにじっと思いをこらし、気持ちを翻したのである。

きのう、あなたのことをずいぶん考えました。あなたのもとへ心がひかれ、私もそちらでいっしょに庭を掘り返したり、お日さまに当たったりしたくなりました。……もうモスクワに来ようなんて思わないで。私が行って、あなたのお世話をし、やさしくします。みんなが気持ちよく、あたたかく、具合よく過ごせるようにしましょう(一九〇一・三・二二)。

あれだけ「ヤルタに行くつらさ」を訴えていたことを思うと、彼女のゆたかな愛情を感じずにはいられない。

しかし、結婚へむけてふたりの気持ちが一致するまでには、もうひと波瀾あった。復活大祭週間をヤルタで過ごしたあと、オリガにはまだたくさんの休暇が残っていたが、どういうなりゆきでか、学校が始まるマリヤとともにモスクワに帰る話が出る。オリガは、そのときチェーホフが「ひきとめてくれなかった」ことに大きなショックを受ける。それほど人の噂がこわいのか、それとも自分はそれだけの存在にすぎないのか……。チェーホフの「ヤルタはうんざりだし、すぐにあとを追ってモスクワに出るつもりだった」ということばに嘘がないのは、行き違いになった手紙からあとでわかるのだが、彼女は、ほんとうの気持ちを知りたいと迫る。

どんなにこの春を待ちわびたことでしょう。二、三ヶ月だけでもどこかでいっしょに過ごし、あなたともっと近づくことができるものと待ちこがれていたのに、またもやヤルタで「しばらくお客さんになり」、またもや別れて帰ってくることになりました。こんなこと、おかしいと思いませんか?……思っていることを全部書いてください。必要なら罵ってもいいから、黙っていないで(一九〇一・四・一七)。

手紙の最後には、一旦署名したあと、思わず気持ちがもれてしまったかのように、「五月の初めにいらして。結婚していっしょに暮らしましょう。ね、アントーシャ」と、書き加えられている。さらに二日後、ときどきしか会えない「かけら」のような関係はもうたくさんで、「くまなく満たされたよい人生をともに生きたい」と書き送る。チェーホフは、これらの手紙にたいしてはじめて、はっきり「結婚しよう」と応える。依然ぐあいは悪かったが、モスクワに出て式を挙げ、旅に出ようと告げている。

旅行は、君が選んだところへ行こう。そのあと冬中か、冬のほとんど、僕はモスクワに家を借りて君と暮らす。……咳に力を全部吸いとられて、将来について頭が働かないし、書くにも努力がいる。これからのことは君が僕の奥さんとして考えてほしい。僕は君の言うとおりにするつもりだ。でなければ、僕らは生きていることにならない、人生を一時間にひとさじずつ飲むような（いじましい生き方をする）ことになるからね（一九〇一・四・二二）（傍点渡辺）。

咳でへとへとになりつつも彼は、「なぜ隠れなければならないのか」「かけらではなく、いっぱいに満たされた人生を生きたい」というオリガの心に応えている。残された時間、さまざまな問題はあるとしても、ぞんぶんに愛しあって生きる方を、彼もはっきり選んだのである。これはオリガが押し切ったということではなく、彼女のまっすぐな問いかけが、嘘や、些末なものから自由でありたいと願ってきたチェーホフの心に響いたというべきだろう。五月二五日、ふたりはモスクワでひそかに結婚式をあげ、ウラル山脈南西のウファーに馬乳療法をかねた旅にたつ。

3

チェーホフには結婚にたいする恐れがあったとよく言われる。「結婚するなら、月のように毎晩現われることのない妻がいい」と言った話は有名だ。このセリフが出てくる手紙には、こう書かれている。

承知しました。お望みとあらば結婚しましょう。ただし僕の条件は、すべてこれまでどおりであること、つまり、相手はモスクワ、僕は田舎（当時モスクワ郊外のメーリホヴォに住んでいた）で暮らし、こちらから会いに行くということです。明けても暮れてもつづく幸せなんて、耐えられません。毎日ずっとおなじことをおなじ調子で言われたら、僕は冷淡になってゆくでしょう（一八九五・三・二三）。

オリガとの結婚は、形の上ではこの発言の通りになった。しかし、これはまだ彼女を知る前の、別の女性を念頭においた発言であったことを考慮する必要がある。最近公表された女優ヤヴォールスカヤのチェーホフ宛て書簡とその研究によれば、当時チェーホフと彼女との関係がピークに達し、モスクワ中に結婚の噂が広まっていた。そういう空気の中で結婚のことをたずねてきたスヴォーリンに答えたものなのである。

ヤヴォールスカヤは、『かもめ』のアルカージナや『アリアドナ』のヒロインにその面影が指摘されている女性で、華やかな女の魅力とともに、駆け引きや打算にたけたやり手の一面をもち、チェーホフとのロマンスも女優としての宣伝におおいに利用している（結婚の噂を広めたのは彼女自身だったと言われている）。事実残された彼女の手紙には、エキセントリックな調子や、思わせぶりなものいいが目立ち、いっしょに暮らせば振り回されずにいられないと危惧する気持ちもよくわかる（ふたりの関係は、まもなく終息する）。おなじ女優であっても、まったくタイプの違うオリガとの結婚に、この発言をそのまま応用することはできない。チェーホフは結婚直後に知り合いにこう書きおくっている。

さて、私はといえば、突然結婚しましたが、この新しい状態、つまり、若干の権利とメリットを失った状態にすでに慣れ、具合よく感じています。私の妻はとてもきちんとした、賢くて気立てのよい人です（一九〇一・六・九）。

ヤルタの家

またオリガにたいしては、「〈結婚していて〉こんなに気持ち良く暮らせるとは思わなかった」と何度も言ったという。かつてのチェーホフに結婚恐怖症があったとしても、それはオリガとの交流のなかで変わっていったというべきだろう。往復書簡を読んでいると、社会的な活動からも、親しい人との交流からも、文化からも遠ざけられて、「流刑地」のような気がするヤルタから孤独とわびしさを訴えるチェーホフに、別居の安らかさは感じられない。

以前書簡集を読んだときは気づかなかったが、今回、双方が「毎日書いている」とくり返しているのを見て調べてみると、ほんとうに結婚後のふたりは、ほとんど毎日手紙を書きあっているのである。逆にそれがぱったり途絶えるときが、いっしょに暮した期間であることを一目瞭然に示している。仕事と日常の雑事、ほかへも

ヤルタの家の庭に立つチェーホフ

書くべき手紙の数々をかかえたなかで、日々の思いやできごとをなんでも伝えあおうとした往復書簡は愛の証というほかなく、なにかで手紙の到着が遅れると、どちらもひどく胸をさわがせている。現在のように、メールや電話ですぐに連絡がとれるわけではなく、心理的な距離感は比べものにならないほど大きかった。ヤルタからモスクワに出ようと思えば、まず鉄道駅のあるシンフェローポリかセヴァストーポリまで馬車か汽船で出、それから汽車に乗って二日がかりの旅だった。ふたりは数日遅れのもどかしさはあっても、手紙によってモスクワとヤルタの距離を一気に縮め、たがいの存在を身近に感じようとしている。

（こまごました話で）うんざりしただろ

うか？　君が全部くわしく書くように言うから書いているんだよ。僕は、修道僧のように暮らしている。夢に見るのは君だけだ。四〇にもなって愛を告白するのはきまりが悪いが、それでもまた言わずにはいられない、君を深くやさしく愛している（一九〇一・一一・二）。

かわいい人、君がいなくてとてもさびしい。夜通し雪が降っていたが、今はどしゃぶりの雨が屋根にたたきつけている。時間は苦しいほどゆっくりしか進まない。僕は座って、来年は冬のあいだずっとモスクワにとどまるぞと思っているところだ。……きょう、君からの手紙はなかった。でも、夢に見たよ。毎晩見ている。……どんなことでもぜんぶ書いてほしい。遠く離れていても、僕は君の一番身近な人なのだから（一九〇二・一二・五）。

冬、母親とふたりで過ごすヤルタの家の淋しさは格別のものだったらしい。そこをよく訪れた作家のブーニンは、家の中はわずかな灯がともるだけで、死に絶えたようにひっそりとしており、うす暗いチェーホフの書斎に入るたびに胸がしめつけられる思いがしたと伝えている。チェーホフは孤独と体の衰弱に悩まされながら、オリガの手紙と面影が、せめて月のように毎晩自分の空に現われてくれることを願ったのである。

4

オリガが女優をやめてヤルタに来ることについては、チェーホフは一貫して反対した。女優として大きく開花しようとしている彼女の人生、「五年後」のこと、くすぶりつづけている「ふたつの炎」……エゴイストには決してなれないチェーホフにとって、状況はすべて別居をさし示していた。

彼は、女優になりたくてたまらなかったオリガが、さまざまな困難をのりこえて夢を実現したことを知っていた。ドイツ人の技師だった厳しい父の反対、その父が亡くなった後の生活の苦労、トップの成績をとりながら、有力な貴族の後ろ楯がないためにはずされた帝室劇場演劇学校の試験……オリガは、新しく創設されたモスクワ芸術座に入ってはじめて、ほんとうの自分を生きることができるようになったのである。天性の才能があり、今やモスクワ芸術座の看板女優であり、いかに演ずるかを語るとき、彼女はもっとも力づよく、冴えているのだった。彼女の温かさと活力は生来のものとしても、ぞんぶんに才能を発揮していればこそ、手紙のなかでも出会いのときも、新鮮な喜びと生気をチェーホフにもたらしてくれるのではなかっただろうか。

第二章「家庭とは」でふれたように、かつて、創作への志と家庭の間で悩むリヂヤ・アヴィーロヴァに、「自分を殺すのではなく、個人としての自分とその尊厳を大事にしなければ。家族があなたを滅ぼすものであってはなりません」と言い、『犬を連れた奥さん』で、「生きたい！」というヒロインの願いを真摯なものとして描いたチェーホフにとって、自分の存在が妻を縛り、「つき添い看護婦」の日常に引きずりこんだと感じることは、耐えがたいことだったにちがいない。「五年後」のためにも、支えとなるべき舞台を奪うことはできなかった。

オリガの手紙には、別れて暮らす苦悩と、女優をやめないでいる自責の念がしばしば記される。

いっそ罵ってくださった方がいいわ、生活に不満だ、いっしょに暮らすべきだと言ってください。……人びとの非難の眼を山ほど感じています。なぜ、舞台を捨てないのか、なぜ彼をあちらでひとり淋しがらせておくのか（一九〇一・一二・四）。

また具合が悪くなったなんて、どうして？……あなたがふさいで、わびしい思いをしていることも、そばにいて、助け、慰めてあげなくてはいけないこともわかっています。でも、それをしない私は、卑劣で弱い人間なのか、人生を正しく理解していないのか、すごく欲張りなのか、それとも自分で生きるようになったのが遅くて、あれもこれもまだし足りないような気がしているのか、自分でもわかりません、なにもわかりません（一九〇三・一・一八）。

別れて暮らさなければならないとしたら、あなたの妻だなんてとても言えない。恥ずかしくてお姑さんの眼が見られないわ。結婚したからには自分の生活は忘れて、あなたの妻にだけなるべきなのに（一九〇三・三・一三）。

いっそチェーホフが「来てくれ」と言ってくれれば、マリヤや母への気兼ねを捨てていっしょに暮らせるのにという思い、あるいは世間がもとめる「あるべき妻の姿」、また捨てがたくもある舞台への思い等々が、オリガのなかでせめぎあっている。

結婚直後のチェーホフとオリガ

　これに対してチェーホフは、常に、つまらぬことを考えないで元気を出すよう、君を愛し、満足していると励ましている。

　二、三年たてば、君は押しも押されもせぬ本物の女優になれる。僕は今からそんな君を自慢に思い、うれしく思っている（一九〇三・一・一一）。

考えてもごらん。もし君がヤルタに来て、

冬中いっしょに暮らすことにでもなれば、君の生活は台無しになるし、僕の方も良心の呵責を感じなければならない。それがいいとはとても言えないだろう。女優と結婚するのははじめから承知の上で、冬のあいだ君はモスクワで暮らすことになると、はっきりわかっていたよ。僕は、自分が侮辱されているとか、無視されているとか、万が一にも思ったことはないし、逆に、なにもかもうまく、しかるべく進んでいるような気がする。だから、ね、そんなに自分を苛んで僕を困らせないでほしい（一九〇三・一・二〇）。

オリガは、チェーホフのことを「大きい人間」だと何度も感嘆しているが、愚痴をこぼさず、なによりも愛しあっていることを見失うなというチェーホフの励ましに支えられている。

また、もしオリガが完全にヤルタの家の主婦になれば、舞台を失う苦悩だけですまないことは、ふたりともよくわかっていた。第二章でも少し触れたが、一九〇一年の五月、馬乳療法に出かけたはずのチェーホフから突然届いた結婚の知らせは、マリヤと母親に「すぐには正気にもどれないほどの」衝撃を与えた。チェーホフの衰弱をまぢかに見、健康が心配でならないふたりにとって、結婚によるあらたな負担をかかえこむことは無謀に思われた。それをなぜ、あえてオリガはさせたのか？（すくなくともマリヤにはそう思われた）なぜ、アントンもオリガも自分たちをつんぼ桟敷におき、既成事実となって知らせるような仕打ちをしたのか……？

とりわけ、誰よりも兄を愛し支えてきたつもりのマリヤは、兄もヤルタの家もすべて自分のものではなくなったという孤立感に苦しみ、オリガから今いかに幸せかという手紙を受けとると、憎悪もかくさない強烈な手紙を書き送っている。一週間ほどしてチェーホフから「今までの生活といっさい変りなし。母さんもこれまでどおり。お前との関係も、変わりなく温かいよいものであり続ける」という手紙を受けとってはじめて、いくらか気持ちが落ちついたという。チェーホフは弁解はしなかったが、たびたび手紙を送って、なにも変わらないのだということを強調している。こうしたなかで、おそらくオリガともよく話し合った上だろう、マリヤにヤルタの家をふくむ遺産の大半を遺すという遺言が書かれたのである。マリヤとオリガは、ともに賢明な女性として努力しているが、ほんとうに理解しあうことはできなかったようである。

チェーホフは、オリガとふたりだけのときや手紙の中では、心おきなく愛情を表現したが、ヤルタでは慎重に平衡の中心を保とうとしたらしい。オリガは、「あなたは、いつも素敵だわ。ただしヤルタにいるときをのぞいてね。ヤルタでも素敵だけれど、私のものではないわ」ともらしている。

5

結婚の翌年、一九〇二年は大変な年だった。二月に帝室アカデミーは正規の手続きでゴーリキイを名誉会員に選出するが、皇帝ニコライ二世の不興をこうむるや、すぐにその選出を無効と宣言する。ひと足先に名誉会員になっていたチェーホフは、最初この宣言を覆す可能性をさぐっていたようだが、結局、誰よりも毅然と抗議の姿勢をあきらかにしたコロレンコと共同歩調をとり、八月二五日にアカデミー会長にあて、辞表を送る。内容は、無効宣言がアカデミーの名でなされた以上、その会員である私は、ゴーリキイを誰よりも早く心から祝福しておきながら、自らその資格を否定したことになる、そのような矛盾と自分の良心を折り合わせることができない、というものだった。抗議の口調ではなく、あくまで自分の良心の問題として述べてはいるが、無効の根拠となった法律一〇三五条は「読んでみても私になにも説明してくれませんでした」と、皇帝の意向にはっきり異議をとなえている。チェーホフはこのきわめて丁重で抑制された、しかし良心はいささかも譲らない辞表を「長い時間かかって」書いたという。学生騒動へのきびしい弾圧、作家仲間への捜索や逮捕、芸術座のなかにもスパイがいるとささやかれる情勢のなかで、気骨あるコロレンコとチェーホフの行動だった。

「大変な年だった」というのは、この過程がちょうどオリガの流産とそれにつづく重い腹膜炎、その看病と心労によるチェーホフ自身の疲労困憊と重なっていたからである。五月二四日にコロレンコが相談のためヤルタを訪れたとき、そこには重病のオリガが運び込まれていた。コロレンコは、階段を降りてきたチェーホフのやつれとがった顔を見て、あまりの変わりように驚愕する。そしてマリヤから、チェーホフが「何時間もじっと一点を見つめて座っていることがある」と聞かされる。一体なにを考えていたのだろう……。大きなできごとのなかで、人間の生と死を凝視していたのだろうか。前年の一二月一七日に友人ミラリューボフにあてて、「大切なのは、自分が清廉潔白であるという意識、つまりあなたの魂があらゆるものから完全に自由であることです。自分の良心と一対一で向かい合って、誰をもまじえず（答を）さがして、さがして、さがさねばなりません」と書いているが、あるいは彼も、己の良心と厳しく向かい合っていたのだろうか……。

オリガは、人生の終幕に向けて「身体は次第に弱っていくが、精神的にはますます強くなっていった」チェーホフを見とどけている。結婚生活はわずか三年、しかもその半分を別れて暮らし、煩いも決して少なくなかったが、ふたりはたがいにこんなことばを残している。

あなたといると、大きなほんとうの人生がより強く感じられるの。それが、私が生きることを助けてくれます（一九〇二・二・一一）。

今度の逗留で、君と常ならぬすばらしい生活を送ることができた。僕は、行軍から帰った人間のように（癒されている）自分を感じていた。僕の喜び、君がこんなに素敵なひとであることにお礼を言う（一九〇四・二・二〇）。

長い別れと短い出会いのときが、それだけ凝縮した生の時間をもたらしたのかもしれない。オリガには一生を支えるにたる愛が残り、チェーホフもまた、病に拘束された晩年を、彼の真価を知る人に愛され、自らもぞんぶんに愛し、生きた甲斐があったのではないだろうか。

（付）チェーホフ旦那の思い出（農民の回想）

最後に、領地の農民が語るチェーホフの思い出を紹介したい。

一九二四年の夏、メーリホヴォで催されたチェーホフ没後二〇周年の記念式典において、農民からの聞き取りが提案された。ジャーナリストのT・ペトローヴァがこれにあたり、記録は『チェーホフと農民たち』という小冊子にまとめられるはずだった。しかし、冊子はなぜか出版されず、原稿は六〇年間行方知れずになっていた。一九八三年になって古い紙挟みの中から発見され、翌年、メーリホヴォのチェーホフ博物館館長だったY・アヴヂェーエフが、自著『チェーホフのメーリホヴォで』に収録して、やっと日の目を見ることになった。アヴヂェーエフは、この聞き書きを、チェーホフの記憶がまだ新しかった時期の「嘘や作為のない」回想として、また「二〇年代初めの農村の生活や、それまで夫のかげに隠れて人前にはけっして出なかったメーリホヴォの女たちのことばを伝える」貴重な資料として紹介している。

聞き書きからは、当時の農民たちの姿、彼らのなかに生きているチェーホフが、じつにいきいきと伝わってくる。多くの人に読んでほしいと思い、アヴヂェーエフの著書から第三章「チェーホフと農民たち」を訳出した。

T・ペトローヴァによる農民からの聞き取り（一九二四年七月、モスクワ郊外メーリホヴォ村にて）

一日目

アントン・パーヴロヴィチ・チェーホフが七年間を過ごしたメーリホヴォ村にわたし（T・ペトローヴァ）がやって来たのは、七月末の早朝のことである。昔からの顔なじみであるプロコーフィイ・アンドリアーノヴィチ・シマーノフ（チェーホフが地主だったころ村長をつとめた人物で、チェーホフとは一番親しいつきあいがあった）は、低い窓のそばに座っていた。古ぼけた眼鏡の奥から、びっくりした嬉しそうな眼がこちらを見ていた。底を上にしたばかでかい縫製中の長靴が目にとびこんだが、槌は空中でとまっていた。

「こりゃ、驚いた！」彼はそう言うと椅子から腰をあげた。「わしはまた、あんたもほかの人とおなじで、来る来ると言いなさるだけかと思っておった」

わたしは、チェーホフのことをみんなが忘れてしまわないうちに、聞いて記録するために来たのだと説明した。

「そりゃいいことだ」シマーノフはまじめな顔で首を振った。「でないと、あのころから言やあ、どれだけ死んでしまったか、この一年だけ見てもな。わからんもんさ……。チェーホフ旦那のことも忘れられてしまうのかもしれん。わしらは書こうにも、読み書きがろくにできんのでな。わしはそれでも、ちょっとはやってみたんだが……」

彼はそう言うと小さな戸棚のほうへ行きかけた。きっと、自分の労作を見せようとしたのだ。が、急に気がついて言った。

「アヴドーチヤ、お客さんにお茶をお出しせんか。旅の疲れにゃ一番だろうて」

つれあいのアヴドーチヤは、お茶に添えるミルクを持って来ると、にこにこしながら勧めてくれた。

「さあ、飲んで、飲んで……まあ、なんでそんなにちょっとしか飲まないんだろ?」彼女はカップに熱いお茶を注ぎ分けながら、窓の外をのぞいて言った。

「前はね、チェーホフさんとこの庭に住んでたんだよ。お屋敷の守りをしてね(シマーノフはチェーホフが去ったあと、新しい地主のもとで領地の管理人をしていたので庭園内に住まいがあったのだろう)。でも、こっちに出されてしまった。わたしらにも、ほかの者にもさわらせないのさ……。旦那さんの離れだけが無事に残って、マリヤさん(チェーホフの妹)のいなさったところ(母屋のこと)ときたら」と、彼女は首を振った。「そりゃあ、こわくなるくらいやりたい放題だよ。百姓もむちゃをするようになったからねえ……。昼間あそこは文化工作室になっていて、夜は夜で三番鶏が鳴くまで踊ってるんだから。床が全部抜けてしまって……。やれやれ、わたしらのころはねえ……」

プロコーフィイが私を居間の方へ呼んだ。手織りのテーブルクロスの上に、分厚い帳簿が広げてあった。

「これにチェーホフ家の出費をつけていたんだ。ほら、これは、学校を建てた大工への支払い。旦那の字だよ」

プロコーフィイは、がさがさに荒れた指で、綴った紙束の一ヶ所を指してみせた。それからチェーホフが資金を集めるのにどれだけ骨をおったか、郡会から学校開設の許可をとるのにどれだけ待たされたかなど、長々話してくれたのである。

彼は眼鏡をとると、黙ってレンズを拭いた。まるで過ぎ去った日々を一生懸命思い出そうとしているかのようだった。頬がこけて、濁った青い目をしたその表情はじっと動かず、まばらな赤毛のあご髭《ひげ》だけが、かすかに動いていた。閉め切った窓ガラスに、やま蜂が怒ったように体をぶつけてくる。くすんだ壁鏡の下に、写真が何枚か掛かっていた。

「お宅にチェーホフの写真はないかしら?」

「あるともさ」

プロコーフィイが、釘からそっと外したのは、ガラスなしの木の額に入った黄ばんだ写真で、肖像画でおなじみのあの顔がこちらを見ていた。

「これはヤルタへ越す前だよ」

「で、どういういきさつでこの写真がお宅に?」

わたしが鉛筆を持ってメモをとろうとすると、プロコーフィイは手を振って言った。

プロコーフィイ・シマーノフ

「いや、それはまあ、あとにしよう。慣れんもんで頭がこんぐらがって……。写真は自分で署名を入れて、わしにくれたんだが」

彼はしわだらけの額をこすった。

「何もかも思い出せるもんじゃないからな。あれから何年になるか……。どうも、自分で思い出して、ぼつぼつしゃべるほうがいい。もうちょっと早く来ておりなされればなあ。ときどき夜眠れんことがあって、そういうときは自然と思い出されたもんさ。本一冊分くらいにはなっておったろうに……」

彼の顔が急に明るくなった。

「よし、じゃあ手がすいたら全部話すから、あんたはそれを書き取りなさるがいい」

「ああ、それがいいわね」わたしもほっとして言った。「それまでほかの人に聞いてきたらいいわね」

「みんな畑だよ、刈り入れのまっ最中だからな。日が暮れてから、村中まわることにしよう。何か聞けるかもしれんて。まあ、わし以上にチェーホフ旦那のことをしゃべれる者はおらんと思うが」

「お昼時はどうかしら」

「仕事中は、みんなあんまり口をきかんよ。まあ、おっかあたちなら何かしゃべるかもしれんな……」

わたしたちは部屋を出た。主はもとの椅子に座って、はきつぶした長靴をぎゅっと膝にはさんだ。わたしはチェーホフの本を何冊か持ってきていたので、プロコーフィイの仕事がはかどりだすと、『百姓たち』を彼のために読みはじめた。プロコーフィイは耳を傾けながら、ガラス片で靴をゆっくり削ったり、タールを塗った蝋《ろう》引き糸をぎしらせて縫ったり、さびたブリキ缶から黒い液体を直接指ですくって縫い目に塗りつけたりしていた。そして槌で叩く段になると、こう言った。

「ちょっと待ってくださらんか、釘を一本打つでな……。そりゃ全部、わしらのことを書いたんだな。火事の話も、みなそのままだ。けど、そのキリヤークとやら（小説『百姓たち』に描かれた貧農一家の乱暴者の息子）には、おぼえがないな。さて、誰のことだか」

プロコーフィイは、考えこんだ。女房をよく叩いていた百姓を順に思い出しているようだったが、キリヤークらしいのは思い浮かばないらしい。『百姓たち』の次は、『谷間』の朗読にじっと耳を傾けた。何か驚いたような顔をして私を見つめ、長靴はすっかり忘れられて脇にころがっていた。

「こりゃあまるで、ここのウグリューモヴォ村の話じゃないか」

「でも、あそこに更紗染め工場なんかありました？」

「あったとも。けど、ツィブーキンみたいなのはおらなんだし、今もおらんな。わしは、たぶん、みな知っとると思うが。わしらの旦那は、ずるいところがあったからなあ。ときどき知らん顔して、誰かのことをそのまま書いておったよ。いつも、そりゃうまいこと言って、何でも聞き出してしまうんだから。ときどき、女房とやり合ったりして離れへ行くと、どっちが悪いか言ってくれるのさ。『プロコーフィイ、お前さんが悪い。お前さんには分別があるんだし、むこうは病気じゃないか』ってな。女房のほうが悪いときでも、いつもあっちの味方だったな。ま、ツィブーキンは、たぶん頭でこさえたんだろう」

「ねえ、プロコーフィイ・アンドリアーノヴィチ、あなた方の図書館にチェーホフの本はあるかしら」

「昔はあったよ。けど、一八年に委任状を持った人間が来て、全部馬で運んでいってしまった。あそこの家具も、本もな（革命直後の一九一八年に政府は「芸術記念物の登録、調査、保存命令」を出しており、メーリホヴォでも調査が実施された）。わしらは残しておいてくれと頼んだが、きくもんかね。ここの村じゃ一軒だけ、旦那の本を一冊持っている家があるよ。冬になると、晩にその家に集まって、声を出して読むんだよ。福音書みたいにな」

暖かいペチカのまわりで、蝿がわんわんうずまいていた。まだ食器を片づけていないテーブルの上では、こぼれたミルクのまわりに輪をなしてたかり、わたしの頭や頸《くび》すじにもたかって、くすぐったかった。追い払う手も、しまいには疲れてしまった。薄い衝立《ついたて》のむこうの居間で、時計がしゃがれたような音をたてて正午を告げた。

外は、けだるい炎暑のなかで麦の穂が海のように広がり、静止していた。固い切り株が条をなしている所に、ずっしりとした黄金色の束が、長々と横たわっている。刈り手の女たちのかぶったスカーフがちらちら見え隠れし、鎌がシュッシュッと麦をとらえる音がかすかに伝わってきた。疲れた手がつかむ麦の穂が揺れている。道に近いところでアヴドーチヤが刈っているのが見えた。わたしは遠くから、「手伝いに来たわよぉ！」と叫んだ。彼女は曲がった背を伸ばし、手をかざして日ざしをよけた。しわだらけのやせた顔に汗がいく筋も流れ、白いスカーフは髪に張りついている。

わたしたちは、十字に積まれた麦の堆《やま》のかげに腰をおろした。彼女は素焼きの水差しを取り出し、ごくごくといつまでも飲んでいた。

「すっかり蒸しあがってしまった。まるで風呂あがりだね（ロシアの風呂は伝統的に蒸し風呂）。昔の元気はもうないね。背中も痛いし。こんなふうに具合が悪くなると、死んだチェーホフさんのことが思い出されてね。あの人の所へ行っては、ここがこうでと泣きついたもんさ。いつだったか、腹がぱんぱんにふくれあがったことがあって、そばを人が歩いてようが、もよおしたらどうしようもない、恥も外聞も言ってられないのさ（栄養失調による下痢だったと思われる）。おいおい泣きながら、あの人の所へ行ったさ。そしたらよおく診てくれて、『アヴドーチヤ、もっとちょくちょくうちの台所に寄っていくといい。うちじゃ肉をたくさん煮るから、お前さんの分もあるよ。こんなに働いて、へとへとになってるのに、食べるものといったら修行者なみだろ、もうちょっと栄養がいるんだよ』ってね。それでどうなったと思う？　うそみたいにきれいに治ったのさ。

それから、これも忘れられないけど、息子を連れて行って痛いところを見せたらね、『この子の面倒をちゃんとみてないな』って言うんだよ。『暇がないもんで』と言ったら『それでも暇は見つけられるはずだ。僕に言ってきてもしらんよ』って。わたしゃ帰りかけたさ。道は、まあっすぐだった。そしたら、うしろで呼んでる声が聞こえるのさ。『もどってこーい』ってね。それで、ていねいに診てくれて、振りかけ粉（シッカロールのような皮膚の薬）と薬をあれやこれやくれたのさ。あとで、うちのじいさんに笑って言ったんだとさ。『お前さんの女房に冗談を言ったら、本気にしてしまったよ』って」

アヴドーチヤは、微笑んでつけ加えた。

「村中が治してもらったからねえ。あそこにゃ薬がぜんぶ揃っていたよ」

「ところで、ドムナさんに会うには、どこに行ったらいいかしら？」

「ブラーノヴァのことかい？」アヴドーチヤは聞き返すと、「それなら、ついそこの、ほら、あそこだよ。百姓が麦を積んでるのが見えるだろ。ちょっと待っとくれ、いっしょに行くよ。ドムナばあさんも、わたしがいっしょのほうが遠慮がないだろうし、わたしもひと休みするよ」と、言った。

彼女は刈り取った麦束をわらでぎゅっと括《くく》ると、そこに鎌をさしこんだ。わたしたちは刈り株の中を歩きだした。アヴドーチヤはドムナに近づきながら「神様が助けてくださいますように」（お疲れさんです、という意味の挨拶ことば）と声をかけた。すると、堆《やま》のかげから百姓が大声で言った。

「神様は、あんた、助けちゃくれんよ、自分で頑張らんことにゃ」

「いつもこうなんだよ、口癖でね、ふた言めにはこれを言うのさ」

ドムナが腰を伸ばしながら言った。

わたしたちは刈り取った束の上に腰をおろした。私がアヴドーチヤに目配せすると、彼女は話をアントン・パーヴロヴィチのことにもっていった。

「話といってもねえ」と、ドムナは考え込んでしまった。「なんでも憶えてるわけにゃいかんから」そう言って、スカーフの端でまっ赤になった顔をぬぐった。

「頭ん中をよおくかきまわしてみておくれ」アヴドーチヤがあきらめずに言つた。

「待っとくれ、わたしがあんたの舌をほぐしてあげる。うちの娘を憶えてるだろ。あの子をあそこへ、お屋敷の草刈り場へ連れてったんだよ。あの子は細いおさげを一本垂らしてた。チェーホフさんは下から引っ張ってみて、面白がって遊んでね、笑うんだよ。口数の少ない人だったねえ。大声で笑うとこなんか見たことがなかった。ちょっと冗談を言うか、にっこりするくらいで。お父さんのパーヴェルさん（チェーホフの父）は、いつもうちに来て座っていなさったけど、退屈だったんだろうねえ。うちのプロコーフィイが髪を刈ってあげたら、旦那さんは冗談を言ってね、『お前さんはうちの床屋さんだ』って」

ドムナの顔がかがやいて、自分もしゃべりだした。今度はおくれずに書き取るのがやっとというくらいだった。

「チェーホフさんのことは、わたしも知ってるよ。亭主のスチェパンが、いつか森で自分の足を切ってしまってね、帰ろうにも歩けない。それで、馬に乗せて帰ったんだけど、チェーホフさんは留守で、マリヤさんが薬をいっぱい振りかけてくれた。病院には連れて行かなかったさ。チェーホフさんが、自分で治してくれたからね。思いだすたんびに泣けてくるよ。あのころ、わたしらはほんとに汚くて、貧乏で、もの知らずで、子どもだけはたくさんいたもんさ。よく、窓から外を見るとね、チェーホフさんがうちの方に歩いて来るのが見えるのさ。そうやってうちの人の足を医者にもやらず、どこの病院にも連れていかずに、きれいに治してくれたんだよ。娘が七つのとき、足が痛くなったことがあったけど、それもきれいに治してくれたし、歯もちょくちょく痛くなったのを、やっぱり全部治してくれた。ほんとに、わたしらは満足していたよ、百姓はみいんなね。わたしらのために十字架を立ててくれたときも、どんなに嬉しかったか。旦那さんは神様を信じていたのかどうか知らないけど、みんなに必要なことなら、お願いすればぜったい否《いや》とは言わなかった。外で見かけたり、教会に行ったりするときは、みんな、旦那さんのために一番いいことを声に出してお祈りしたもんだよ。あのころは、神様のことを今とは違うふうに考えていたからねえ（革命前はみな神の存在を信じていたということ）。

そうそう、消防具小屋の話もしなくちゃ。あれを建てたときのことやら、みんなが心配しないでいいようにしてくれたことやら。旦那さんは、わたしらに消防具小屋がいるんだって言ってきかせてね、何せわたしらは自分じゃなんにも考えてなかったからね、それから『みんなに心配はかけないから』って言ったのさ。あのころは、なんにもわかってなかったねえ。百姓からは一〇コペイカずつ集めただけだよ。『みんなからもらうのは、これで充分だ。あとは僕のほうで、出してくれる人を見つけるから』ってね。もちろんあの人自身も、金持ちじゃあなかった。

チェーホフさんは、学校も作ってくれたんだよ。あのころ子どもらは、はだしでぼろを着て、よその村まで通っていたもんさ。いつも行かせてやるわけにゃいかなかったけど、それでもやっぱり勉強はしてたのさ。あの人は子どもを大事にする人だった。よく、五つや七つや、九つやらの子どもが、チェーホフさんがすぐりかなにか配っていると聞いて、そりゃまあどれだけ喜んでたか。スカートの裾にすぐりやりんごをくるんで、家まで持って帰るんだけどね、まだ遠くにいるうちから『チェーホフさんがすぐりをくれたぁ』って叫んでるのさ。わたしらは起きるとき寝るときに言うんだよ。『旦那さん、あんたはわたしらの大好きな、身内のような人だったのに、なんで死んでしまわれた。マリヤさんは生きていなさるというのに、死んでしもうて。もういっぺん会えたら、どんなに胸が震えるか。けど、もう二度と

当時の子どもの服やはきもの
（筆者撮影）

会えないねえ、このまま死んでいくんだねえ』って。

思いだせば、たくさんあるよ。けど、わたしらは頭も悪いし、ここんところの飢饉ですっかりへたばってしまったからねえ。二〇周年の前に誰か来たときも、話したいことはいろいろあったけど、言えなかったのさ。わたしゃ隣の女房にきいたんだよ。どうして会合のとき、なにも言わなかったのさって。そしたら『わたしゃだめなんだよ、泣けてしまって』って言うのさ。

あそこ（地主であるチェーホフの自家用の畑）へ耕しにいくことがあったけど、それがね、いつでも気前よく手間賃をくれるのさ。わたしらも小銭を稼げて嬉しかった。あそこの果樹園はそりゃあ立派なもんだったけど、誰も忍び込んだりはしなかったね。だって、りんごでもすぐりでも、一番食べごろのときにみんなに分けてくれるんだから。祭の日に子どもがみんな集まって、そりゃあ、きゃあきゃあ大騒ぎだったよ。『チェーホフさんとこが、りんごを配ってる！』ってね。いやな思いなんか、一度もさせられたことがない。みんな、あの人のとこだったら、よろこんでただ働きしに行く気があったけど、来いと言われたことは一遍もなかったね。『みんな自分のうちの仕事をすればいいんだ』ってね。むこうからは呼ばないんだけど、わたしらは自分の方から刈り入れやらなにやらしに行ったよ。旦那さんの親切に、なにかでお礼をしたかったからねえ。病気を治してくれたり、ほんとによくしてくれたんだから。しょうもないものをひとつ持っていっても、ぜったいに無料《ただ》じゃ取らないで、お金を払ってくれるのさ。行くといつも冗談を言って、にこにこして、こっちが病気だって言っても信じないふりをして。とてもきれい好きだったね。いつ行ってみても、ちゃんとしたなりをしていた。わたしらの汚い小屋に来るときは、自分とこのこざっぱりした布切れを持ってきて、うちで巻いた汚れたぼろをほどいて、足を巻きなおしてくれるのさ。うちのじいさんなんか、ありがたくて泣きだしたくらいだよ。わたしらは汚くしてたけど、あの人は、身体《からだ》を洗わなきゃいかんじゃないか、なんて言ったことがない。言うとしたら『しょうがないさ、みんなこれだけ働いているんだから』ってね。ここでの暮らしはそんなに長くなかったけど、親切はほんとにたくさん残してくれた。忘れられないね」

晩方になって、わたしはシマーノフ家に戻った。塀のそばにおかれたテーブルからは夕餉《ゆうげ》のあたたかい湯気があがり、みんなもう席についていた。

「今まで歩き回ってたのかい？」アヴドーチヤが、鋳物の鍋からお粥をすくいながら言った。わたしには深皿に麺のミルク煮をついでくれた。

「たくさん聞けたかい？」と、プロコーフィイ。

「いいえ、あんまり。みんな忙しくて……」

「だから言ったのさ、わしよりしゃべれる者はおらんだろうって。わしが一番近くにおったんだから」

「ところで、チェーホフさんの所にお客さんはたくさん来てました？」

「しょっちゅうさ。じゃまばかりしておった。それで、あとから離れを建てたのさ。うるさいとこからちょっと抜けだせるようにな。ひとりのほうが好きな静かな人で、庭の小径を散歩するのが好きだった。長ぁいこと歩いていたなあ、下を向いて。ほれ、あそこの、りんごの木」プロコーフィイは、塀のほうを振り返って言った。「あれは旦那が植えたもんだよ。それから、たそがれ時分に墓地に行くのも好きで、ときどきわしもお供したもんさ」

「どんなことを話したのかしら。憶えてます？」

「いつも百姓のことや村の話だったな。病院を建てたがってたが、間に合わなんだ。ヤルタに行ってしまったからな。けど、行くのはすごく嫌だったんだ。『医者が追い立てるんだよ。ここは土地が湿けてると言うんだ』ってな。行ってなきゃ、もしかしたら今でも生きてられたかもしれんな」

「肺病だったんだよ」と、アヴドーチヤが言った。

「肺病がなんだ。わしらなら死なせたりはせなんだのに」

おもての通りを隣の娘が何か大声で言いながら走っていった。

「ミコラーシュカ、フェーニカ、アリョーナ、早くぅ！　もう来てるわよ、来てるわよ！　すごい人よぉ！」

「あれは何を誘ってるのかしら」私は、プロコーフィイにきいた。

「ああ、あれは活動画をやるんだよ。行ってみなさるかね」

「そうねえ……晩はどうせ話は聞けないだろうし。行きましょう！」

プロコーフィイは、女房にむかって顎をしゃくった。

「行こうや、ばあさん、ん？　お前はいっしょに暮らしておっても、なんにも見たことがない、いつもペチカの上におって」

「行きましょうよ、アヴドーチヤ！」

「このわたしがどこへ行こうっていうのさ、背中が痛いのに！　曲がるのは曲がるけど、伸ばそうと思や、どんなに痛いか！　ふう、やれやれ……。また今度にするよ」そう言って彼女は手を振った。

娘を連れたプロコーフィイとわたしは、なかば壊れたチェーホフの屋敷に向かった。映写機はもう運び込まれて、大部屋に据えつけられていた。中庭に人がひしめいて、コムソモール（青年共産同盟。共産主義を推進する青年組織として一九一八年に結成された）の若者たちがバラライカをかき鳴らしていた。おとなしそうな若者が盛り土の上に腰をおろして、アコーデオンで伴奏していた。コムソモールに女の子の姿は見えなかった。派手なスカートに新しいオーバーシューズをはいた村の娘たちが、脇のほうにかたまって、ひまわりの種をかじりながら、大声で笑っていた。村会議長のエジョーフはずんぐりした男で、長いブーツをはき、チョッキに時計をつけて、百姓たちと話していた。プロコーフィイがわたしを紹介してくれた。

「うちの百姓たちは意識が低くて」と、エジョーフはぐちをこぼした。

「早い話がこのチェーホフの庭園ですよ」と、壊れた塀のほうをあごでしゃくった。「あれは、我々の利用に任せられているんです。ってことは、ふつうなら、貸しに出すなりなんなりして、その金で脱穀機とか刈取り機とか、まあ一番入り用な機械を買って、みんなで使おうってことになるでしょう。ところが、ここの百姓たちを説得しようと思ったら、大変なんですから。つまりは連中のためになることですよ。それなのにみんなてんでんばらばらで、貸しに出そうと言う者やら、今のままりんごだけでいいと言う者やら。あしたちょうどこの問題で集会がありますから、聞きにおいでなさい」

「ところで、チェーホフのことは憶えてます?」わたしはきいた。

「小さかったからなあ。あんまり憶えてないなあ。でも、うちのおふくろなら、いくらでも話しますよ。そういうのを書きとめたこともあります。もしお望みなら用意しますが、いつお発ちで?」

「明後日なんです……」

「そりゃまた早い!」驚いたようすで彼は言った。「まあいい、おふくろに聞いたのをあした持って来ますよ。でも、もしうちの玄関先を通ることがあったら、どうぞ寄ってください。蜂蜜をごちそうしますよ」

まわりに百姓たちが集まってきた。みな自分の家へよんでくれた。スレースキンが近づいてきた。何とも古ぼけたボタンのとれた下士官服を着て、縁つきの帽子を後ろにずらせてかぶっている。

「それじゃあ、あんたさんはモスクワから来なさったんで?」と、わたしに話しかけた。

「もちろん、あそこにゃ芸術げきじょがありますな。いつか出稼ぎに行ったとき、あそこでチェーホフさんの劇を見ましたよ。なにが気に入ったって、そりゃ『桜の園』です。こたえられんです！」彼は頭を振りながら言った。「桜の園を伐るんですがね、音が聞こえてくるんです。ターン、ターンってね……。ガランとした家んなかには、番人がひとり残っとりましたな。客が帰ってしまって、下のほうの席が空っぽになっても、わたしゃじっと立って聴いとりました……」

中庭に、映画の責任者が人ごみを分けて進み出ると叫んだ。

「さあ、皆さん、開始ですよぉ！」

入り口の間の小机のまわりに若者たちがかたまっていた。

「切符を出して！」

「べっぴんさん、一〇コペイカおくれ。わしらも見てえよ！」

はだしのセルグーハが、レースのフリルをつけた若い農婦のところへ駆け寄っていった。

でも、なかなかベルが鳴らない。

「どうして始めないの」と、わたしはモンゴル系の顔をした担当者にきいた。

「技師を待ってるんです」と彼。「僕らはヴァーシキノ国営農場《ソフホーズ》から来たんです」

「それじゃ、フィルムと映写機はどこから持ってきたの？」

わたしは隣のヴァーシキノ村に、ヴォストーク勤労者大学の模範的な国営農場《ソフホーズ》があるのを教えられた。

「学生は」と、彼は微笑みながら言った。「六時間農場で働いて、残りの時間は勉強するんです。

若者グループがイニシアチヴをとって、周辺の村で文化活動を始めたんです。僕らは、『最後通牒』という映画をヴァーシキノとノヴォショールキで上映して、今度はここに持ってきたというわけです。次は『宮殿と要塞』をなんとか手に入れたいと思っているんですが」

「おお、『最後通牒』!」おとなしそうな若者が叫んで、アコーデオンを扇形に広げた。

商人《あきんど》パンクラーチィの
娘は美人
でも俺たちにゃ似合わない
あの娘《こ》の心は商人風

「入りましょう」スレースキンがたてつづけにあくびをしながら言った。

「モスクワにゃ、もちろん、本物のげきじょがありますな。けどここでも、こうして学生さんのおかげで、ちっとは気晴らしをさせてもらえるってわけです。あの人らは仕事のあとわたしらの家に来て、神様のことやら、あの人らのいうきいざいがくのことやら、しゃべりまくるんです……。正直、なんで、どうでもいいことをぎゃあぎゃあ言うんだか。こっちはちくちくつつかれて面白かありませんよ。わたしら、胸ん中でなるほどと思っても、顔には出しゃしませんから、ぜったいに……」

「それでコムソモールは何かやってるの？」

スレースキンはまたうなじを掻いた。

「入りましょうや、わかりますよ」

わたしたちが入っていくと席は一杯だった。舞台では映写機のまわりに集まってくる群衆を押し返していた。

「なんだって、押してくるんだ。機械を見たことがないのか。幕のほうを見るんだよ」

通路に、何キロも離れた所からやって来た少年たちがひしめいていた。

「どうしてあの子たちを入れてやらないの」私は責任者のところへ行ってきいた。

「ご心配なく。僕らの所では決まりがあるんです。まず大人が席に着く、それから彼らにも場所を見つけてやる、とね」

わたしは主賓として舞台の上に座らせてもらった。

「こちらでヤーコヴレフには会われませんでしたかな。ほら、あの利口な、チェーホフさんがいろいろ気にかけてやった百姓。あの人はいきのいい若いのを見ると、すぐ話しかけるんです。だもんで、あの人ん所で悪さをするようなことはありませんでしたな、ぜったいに。そりゃまあ楽しみのない生活だったから、子どもらはさくらんぼやらりんごやらよく失敬しとりましたがね、あそこの庭に忍び込もうなんてこたあ、思いつきもしませんでしたよ。よくね、祭りの日になると、ヴァーシキノやノヴォショールキやウグリューモヴォから子どもらが来とりました。何キロも歩いてあの人のところにやって来るんです。ほんとに探してもいないような人でしたな」

幕の上では、工場を救おうとしているところだった。工場は五分後には爆発するのだ。

時計の針がぴくんと動いた。スレースキンはちょっと黙ってから、こう言った。

「なに、助かりますから、心配いりませんよ。わたしゃヴァーシキノでこれをやってたとき、見てきたんです。もし爆発するところを見せてくれるんなら、そりゃきょんみしんしんですがね。映画じゃ爆発させりゃあいいんです。ほんとの生活じゃそんなもの見られんのですから。でなきゃわたしらはまるで子どもあつかいじゃないですか。何でもめでたしめでたしじゃね。ごまかさずに見せてくれっちゅうんです。その、胸がきりきりするように。ほれ、あの、空っぽの家に残った番人のことが、いまだに忘れられんのですから。桜の園が伐られるとこもね、なんというか、その、胸がしめつけられて……！」

二日目

早朝から、冷えびえとした細かい雨がななめに降りだした。濡れた庭の水たまりでガチョウが水をはねちらかし、鐘がさかんに鳴っていた。朝のお茶のころ、プロコーフィイが全身ずぶ濡れで、表から入ってきた。キュウリを袋に入れて運んで来たのだ。

「えらい天気だ！　クリチャーピイのところへ寄ってみたが、いなかった。エジョーフも来ると約束しておったのに。マシコーフもスレースキンといっしょに来るはずなんだが」

「いいのよ、プロコーフィイ・アンドゥリアーノヴィチ、わたしのほうから行ってみるから」

「こんな雨のなかを行けると思うのかい」と、アヴドーチヤが噛みついた。

「そうでなくても、あんたは夜中に咳をしてたのに。そういえば、旦那さんも自分のことを大事にしなかったね」

「そうだ、そうだ」と、亭主が言った。

「ヤルタでも助けることはできなんだ。むこうの太陽は、メーリホヴォのよりいいと思って行ったのに」

昼食が終わると、アヴドーチヤはペチカの上に横になった。家のなかには、熱いパンの匂いがたちこめていた。わたしはチェーホフの『風呂場で』を朗読した。みんな長いこと笑っていた。

チェーホフがあずかっていたジュラヴリョーフ少年（マリヤ描く）

やがて百姓たちが集まってきた。最初に来たのはクリチャーピイだった——彼は生まれつき手の指がなかった。本名はジュラヴリョーフ（「指を切断した付け根」という意味のクリチャープカからあだ名がつけられた。チェーホフ家の料理番の家にひきとられていた孤児で、一時チェーホフが面倒をみていた）。この農夫はチェーホフのことをぼんやり憶えていた。まだ小さかったころ、チェーホフの家に五年間暮らして、そのあと村に逃げ帰ったのだ。

「でも、どうして？　居心地が悪かったのかしら？」

「そうじゃねえ」ジュラヴリョーフは言った。「チェーホフ旦那は、小さかったわしをかわいがって、村に帰そうとせなんだ。わしがなつきゃあいいと思ったんだな。まあ、その、息子がわりさ。だけどこっちは、その気になりゃあすぐ村の仲間んところへ逃げ帰ってしまう。最後に逃げたときは、えらく怒ったなあ。そのあとすぐ病気になって、ヤルタに行ってしもうた」

「あんたも行けばよかったんだよ、クリチャーピイ！」ペチカの上からアヴドーチヤが言った。

「広い世間を見てくりゃよかったのに」

「いまさら、どうしようもねえ」

ジュラヴリョーフはうつむいて、指のない手の先をびくっと動かした。

わたしは窓を開けた。雨は止んでいた。空があちこちの水たまりに映っている。消防具小屋の鐘の鈍い音が、村中に響きわたった。

「あれは集会に出てこいと言ってるのさ」プロコーフィイが教えてくれた。

「行ってみるかな？　ん？」

三日目

午前中、わたしはプロコーフィイといっしょに家々を訪ねて回った。反応はさまざまだった。

ジュラヴリョーフは遠くからわたしたちを見つけると、表階段のところへ招いた。雌鶏と雛をベンチの下から追い出したところだった。

「中に入ってもらわんで、すみませんな。外の方が気持ちがいい。女どもが刈り入れに出て、家が片づいておらんので」と、体の奥からことばを絞り出すように、陰気な調子で言った。

「チェーホフ旦那のことで来なさったのか。ああいう人がもうちょっといりゃあ、わしらの暮しももっと楽になるだろうに。あの人は、ちょっとない人だったな」

コチェトコーヴァのところにも寄った。彼女の夫はものを書いていたが、ルーマニアの前線で戦死したのだった。

「あの男は、書いたものが山ほどあったんだが、前線に行く前に製本屋に渡して、全部おじゃんになったのさ。旦那は、あの男ともつきあいがあったんだ」

コチェトコーヴァはものおぼえが悪く、全部忘れてしまっていた。

「ああ、これがうちの昔の家さ。今親父が住んでるが」と、プロコーフィイが指さした。わたしたちは、天井の低い、暗い入り口の間に入った。ペチカをがんがん焚いた狭い居間に入ると、テーブルに据えられたサモワールのそばに、亜麻のルバシカ（肌着の上に着る薄手のゆるやかな上着。ふつう腰のところを紐で結ぶ）を着て長いあご髭《ひげ》をたくわえた、たんぽぽの綿毛のように白い老人が座っていた。顔にはしわが放射線状に刻まれ、垂れ下がった眉は、ひびわれた鼻梁《びりょう》とともに険しい性格を物語っていた。でも、もしかしたら、眉のせいでそう見えるだけかもしれない。彼は、息子のプロコーフィイと同じように光のある目で、こちらを見た。

「蜂蜜いりを、まあ一杯」と、お茶を皿からすすりながらわたしたちにも勧めてくれた。香りのよい蜜房には蝿がびっしりとたかっている。老人がふり払うと、あたりに黒いぶんぶんうなる一群が舞いあがった。古ぼけたおばあさんペチカはひびが入り、崩れかけていた。

「八〇年生きて、わしもおぼえが悪くなった。いろんなことを忘れてしもうたな。チェーホフ旦那は、わしのことをほんとに気にかけてくれた。モスクワのお医者さん方の所へも連れていってくれたし、セルプホフのお医者さんにも、ときどき来てくれるよう頼んでくれた。もしかしたら、人のためにあんまり世話をやいたんで肺病になりなさったのかもしれんな」

話がとぎれた。剛いブラシのような眉をひそめ、記憶をまさぐっているかのようだったが、ことばは出てこなかった。サモワールは、炭火が消えかけていた。部屋のすみに、黒い煤だらけの聖母子の顔が見える。聖像棚（聖像画を置くために部屋のコーナーにとくべつに設けられた棚）から、いにしえの「三つ手の聖母」（キリストを抱くマリヤに三つ目の手が書きこまれた聖像画。前兆や治癒の力を持つものとして広く信仰されていた）が、こちらを見ていた。

昼に食事をすませてから、ヤーコヴレフの所へ出かけた。彼は、林の中の緑の草地の井戸のかげで、犂《すき》を直していた。干し草色の詰め襟の上着を着ている。わたしたちの姿を見ると槌を放り出した。

「やあ、よくおいでで！　わしはまた、もうお帰りで、うちには寄られんものと思っとりましたよ。まあ、お座りください」

それからまた、犂の直しにとりかかった。枝を広げたななかまどの下に丸太が黒々と積まれている。向こうの窓からは、ヤーコヴレフの女房が覗いていた。

「こんなものを使ってるんですからね！」と、彼は犂を顎で示した。

「じいさんと親父がこれで耕し、孫に伝えたってわけです。革命から七年たっても、わしらの村は昔のまんまで、何も変わっちゃいません。集会で聞かれましたか。みんな、刈取り機なんかいらんのです。ほれ、こうして昔どおり、犂で掘り返す方がいいってわけです……」

犂を仕上げないまま、彼は今度は鎌にとりかかった。長いこと大鎌の柄の突き出しを細引きで引っ張ろうとしていたが、細引きが腐っていて、結ぶとそこで切れるのだった。

「あわれな原始派ですよ……。地主の農奴だったころの根性がそのまま残ってるんですから。チェーホフ旦那が来るまで、わしらは地主を狼より怖がっとりました。草地を通り抜けちゃあならんし、そりゃ厳しいもんでした。旦那がメーリホヴォに来たとたん、変わりだしましたよ。村の者の経済生活に目を向けたのは、あの人がはじめてでしたな……。アクシュートカ！」彼は家のほうを振り向いて言った。「母さんに別の細引きをもらってきてくれ」

空色の眼をしたアクシュートカが表階段を駆けおりてきた。

「母さんが『もうない』って！」

「ごらんの通り、このざまです」ヤーコヴレフは自嘲ぎみに笑った。「女房は病気だし、アクシュートカはまだ小さいし」そう言って、青い布を結んだ亜麻色のおさげに触った。「わしはといえば、こんな直しの仕事をやってるってわけです」

プロコーフィイが巾着を取り出し、いっしょに煙草を吸いはじめた。

「そう……」深く吸い込んで、煙の固まりをはき出すと、彼は話を続けた。

「革命はトラクターに乗って村に来にゃいかんのです」

それから、丸太に座っている私たちのそばに腰を下ろした。頬骨がぴくぴく動いていた。チェーホフについて話しながら、わたしがやっとのことで書き取っているのを見ると、少し速度を落とした。

「ところで、そりゃ何の印です」彼はふいにわたしの速記をさえぎった。「どの印がどのことばか教えてくれませんかね。こうはいかんのですか、ひとつの印でひとまとまり全部表わせるようには。わしなら、ぜったい考え出しますよ」

見据えた眼差しと、鼻梁に向かって斜めに走ったしわ。そうだわ、こういう人ならきっと考え出すわ……。頭のなかを、そんな思いがよぎった。こういう人たちが勉強して活躍しなくては。

「ところで、コチェトコーフを知ってました?」わたしはちょっと待ってたずねた。

「もの書きの？　わしはあのころ小さかったから憶えてないな。だけど、旦那が書くのを手伝ったり、教えたりしたって話です。大物だったのに、ほんとにあほらしいことに、製本屋で才能が無駄になったんです。あの人は自分の作品集をぜったいに出すと決めてたんです。それが、ほれ、戦争にいくはめになって、女房がばかで、製本屋に払う五〇ルーブルが、亭主の本の束より大事になったってわけです。わしもときどき、自分の人生を書いてみたいと思うことがありますよ。けど、そんなもの何になります？　誰も読みゃしません」彼は手をひと振りした。「それより旦那の話をしましょう」

鍛冶屋のロヂオーノフが近づいてきて、煙草の火を借りようとした。

「お前さんは、チェーホフ旦那のことをなにか憶えているかね」プロコーフィイがきいた。「あの人は、お前さんにもいろいろ親切にしていたように思うが」

「よくしてもらったこたぁ、わしら百姓はいつまでも憶えてるさ。なかったことまでつけ足してな。けど、わしはなかったことにゃきょんみがない。旦那がどういう人だったか、困ったところを何べん助けてもらったか、うそをぬきに話すさ。心のある人だったな。神様そのものだったよ、そりゃ！」彼は帽子を取った。「チェーホフ旦那のことを話すなら、敬意をあらわさにゃな……」

灰色のもじゃもじゃの髪が風に吹かれて乱れた。鍛冶屋の顔はまじめだった。

アンナ・グラスコーヴァの家の中は黒ずんでいた。外に夕闇が下りたせいかもしれないし、何十年もたつうちに、家が黒くなったのかもしれない。

「こんばんは、アンナさん」わたしは敷居の所から声をかけた。

アンナは、スカートをはしょってペチカのそばに立っていた。長い鍋つかみで鋳物の鍋を動かしているところで、振り返りもしなかった。プロコーフィイが近づいていって、小声で話しはじめた。

わたしは濡れた洗濯物の入った桶をまたいで、作りつけのベンチに座った。テーブルの上には、のばしたこね粉がのっている。どうやらアンナばあさんには、こなしきれない仕事があるようで、わたしたちが来たのは間が悪かったらしい。

「なあんも憶えちゃおらん！」彼女は頭を振った。「お前さんの方がよく知ってるじゃないか、プロコーフィイ、わたしゃ、ほれ、このとおり……」彼女は散らばっているバケツをしゃくってみせた。

「井戸が遠いんだ。やっと今畑から帰ったっていうのに、あと何べん水汲みに行かにゃならんか。すすぎもやって、干しもして」

「なに、できるさ。バケツはわしが運んでやるからさ」プロコーフィイが説得しようとした。

「うちにだって、お前さんとこに負けないくらい仕事はあるさ。だけどこの人は、わしらのために頑張っていなさるんじゃないか。本を出そうと言うておられるのに、お前さんは腹を立てたりして、八つ当たりだよ！　もっとよく思い出してくれよ、あの人とどんな話をしたんだね。お前さんとこのじいさんは、チェーホフ旦那に治してもらったんじゃなかったかね」

「あの人のことで悪口を言う者はおらん。村中回ったって、悪く言うやつがおったら舌が腐るってもんさ。だけど、神様は信じてなかったね。死んでしもうて……。今さら何を言うことがあるかね。マリヤさんがどこにいなさるかも、わしらは知らんよ」椅子の上に桶を置くと、彼女は洗濯を始めた。

「アンナは、あんたが人民委員かなにかだと思ってるんだよ」プロコーフィイがわたしにささやいた。「チェーホフさんのあと住んでた男爵の親戚を捜しに、そういう人がここに来てたことがあるんだ。もうちょっと待ってみよう。もしかしたら、何かしゃべるかもしれん……。婆さん、バケツをよこせよ。水を汲んでくるよ」彼はアンナに向かって言うと、入り口のほうへ出ていった。

ペチカの中では薪がぱちぱちはぜていた。アンナは薪の入った鋳物の入れ物を火から遠ざけた。燃えさしの炭をかき寄せると、わたしのほうを横目で見た。

「いい人だったよ。ほかにゃなんも憶えてないね」

「じぁあ、それほどでもなかったってことだわね」わたしは逆らってみた。「話せることがなにもないのなら。だっていいことは忘れないものよ！」

アンナはペチカのそばからとんできた。怒りに燃える目が光っている。腕まくりした手は握っていた鍋つかみの棒を放り出した。

「旦那のことをそんな風に言うんなら、いくらあんたがもの書きでも……」と息をつまらせた。

「チェーホフ旦那ほどの人はおらん、わかったか」

そのまま彼女はわたしのそばまで来て、ベンチに腰をおろすと、泣きだした。

「うちの亭主も肺病だったのさ」彼女はスカートの裾で涙を拭き拭き言った。「旦那はなんべんもなんべんも来てくれて、治そうとしてくれたんだ。モスクワのお医者さんに手紙も書いてくれた。自分でも酸乳をくれたり、あそこの薬を出してくれたり。どうしていい人じゃなかったなんて言えるんだい」

プロコーフィイが、バケツを持って帰ってきた。

「これで、どんな人だったかよくわかりました。でも、聞かなければわからないでしょう?」別れぎわにわたしはアンナに言った。

入り口の間で彼女はわたしたちを引き止めた。

「モスクワで、わたしゃあるドイツ人のとこへ行ったことがあるんだ。上がってって壁を見たとたん、大声を出してしまったよ。『こりゃ、わしらのチェーホフさんじゃないか』ってね。むこうはびっくりして『どうしてあんたはこの人のことを知ってるんだ』ってきくから、『知らないわけがないじゃないか』って言ってやったよ。百万人いたって見分けられるさ。ロシアじゃあの人のことをちゃんと思ってない、ドイツやトルコや、それにアメリカの方がまだましさ」

アンナがどうしてこういう国の名を挙げたのかは、わからない。もしかしたら誰かから聞いて、ちょっと言ってみたくなったのかもしれない。

日が暮れてきた。野原から雌牛たちが追われて帰ってきた。アヴドーチヤは乳を搾って、まだ湯気の立つところを渡してくれた。

「町じゃ、こんなのは飲めないよ。向こうじゃ水を混ぜてるからね。牛乳売りの女たちは恥知らずだよ。病気の人間がいようが、知ったこっちゃないんだから。いつだってごまかしてばかりさ」

そう言ってわたしにパンを一切れ切ってくれた。

「ところで、飢饉のときはどんな風だったの？」わたしはパンを見ながら、なぜかそんなことをきいていた。

「きかないでおくれよ、あんた。村中全滅だとみな思ってたよ。チフスがものすごかったんだから。墓地に行ってみりゃ、どれだけたくさん十字架がひしめいてるか。それにここの土地はじめじめしていて、ちょっと暮れかかると、もう露がおりるしね。池のそばや草地を長いこと歩いてると、元気な者でもおこりにやられるよ」

下の娘は兄とヴァーシキノの夕べの集いに出かけており、アヴドーチヤは彼らのことを心配していた。

「そういうときは、風呂にはいって長いこと蒸されてなくちゃだめだね、体のなかからおこりが出ていくまで……」

わたしは墓地に出かけた。

「池のそばの道を抜けたら、すぐ目の前に教会が見えますよ」天秤棒をかついだ若い農家の嫁が指さした。

通りは人が多かった。知り合いのチュファーノフの家のそばでアコーデオンが鳴りだした。大きく開け放った窓ではカーテンが風に揺れている。広場の角の消防具小屋の向こうに、二階建ての家が見える。昔は旅籠屋《はたごや》で、今は消費協同組合の建物になっている。鎧戸をしめ、永久に閉ざされたかのように、ひっそりとしていた。ただ門扉の下の隙間からヤギがしゃにむに這い出て、そのあとから長い枝を持った女の子が、ぴょんぴょん跳びながら出てきた。

　スレースキン家の表階段には、沸き立つサモワールが据えられていた。わたしに気がついたら呼びとめるにちがいない。そして寄らなければ気を悪くするだろう。でもわたしはひとりになりたかった。広場を越えたところで、引き返した。足は露でぐっしょり濡れていた。日は沈み、菫色の雲のかたまりがガラスの十字架の上にかかっている。水色の教会の苔に覆われた階段に腰をおろした。大きい道が黒いリボンのようにはすかいに延びている。正面に、チェーホフが掘った池がある。古い柳がぐっと身をかがめて、枝先を水に浸している。通りは全部見渡せた。家々にちらほら灯がともり、百姓家はここから見ると、ゆがんで地面にめりこんでいるように見えた。

「でも、どうして、チェーホフはメーリホヴォを選んだのかしら」と、ふと思った。

当時のメーリホヴォの教会

「駅から遠くて、湿けていて……ここで七年間、百姓たちと暮らし、彼らの窮乏とつきあい、あちこちの郡会へ足を運び、学校を建て、病人を診て過ごしたんだわ」

それからコロバーノフが言っていたことが思いだされた。

「復活大祭にわしが病気になったとき、旦那は道がぬかるんで溝になった中を歩いてうちまできてくれたんだ。とても通れたもんじゃなかったが、来てくれたのさ。えらい人だったよ。いつ行っても必ず診てくれたし、夜中もなんべん来てくれたことか……」

わずかにそれとわかる小径がいらくさに覆われていた。古い十字架が斜めに傾き、墓はそこかしこで平たくなって、地面と同じになっていた。熟れたななかまどの匂いがした。わたしは大きい道に出た。闇のなかで出会う灯は少なくなっていた。池のほとりで、わたしは思わず、リーパ（チェーホフの農村小説『谷間』のヒロイン）が現われたのかと思った。死んだ赤ん坊を抱いて病院から帰る、あのときの姿そのままの。でも近づいてみたら、前から知っている若いお嫁さんだった。彼女の手には、池から引き上げられた足の悪いあひるが白々と抱かれていた。

塀の所で、誰かの影がやみくもに動いていた。シマーノフの家まではまだ遠い。雨が強くなった。濡れた上着がずっしり垂れて、体に張りついている。チェーホフの家は真っ暗だった。抜けた床はわびしくて、荒れた感じがした。闇の中はいっそう冷えびえとして、わたしはテラスに出た。破れた屋根の穴から雨がどうどうと漏ってくる。わたしは壁に身を寄せて長い間立っていた。すると突然、すぐそこのばら色の離れで小さな灯がちらちらしはじめた。チェーホフの書斎に灯がともっているのがはっきり見える。幻だろうか？

「もしも、今」と、わたしは思った。「アントン・パーヴロヴィチが出てきて、『同志（革命後使われるようになった呼びかけのことば。チェーホフが、もし一九二四年に甦れば使うような気がしたのだろう）、どうしてそんな所で濡れているんです。行っていっしょにお茶を飲みましょう』と言ってくれたらどんなにいいか」

離れの灯は依然またたいている。わたしは駆け出し、庭を抜け、階段を上がり、白い小さな玄関ホールを通り抜けた。胸がぎゅっと締めつけられるようだった。書斎にはペチカが燃えていた。輪番の番人がおきの中から焼けたりんごを掻きだした。

「えらいずぶぬれになって」彼は驚いて言った。「わしはずっと見回りをしてたんだが、思ったのさ、りんごより身体《からだ》のほうが大事だってね。犬を見たら、犬だって小屋にもぐりこんでる。まあ、おあがんなさい」彼はわたしに熱いしわだらけの固まりをくれた。

「温まりなさるがいい。雨はそのうち止むから」

彼は庭に出て空を仰ぐと、大声でわたしに言った。

「雨雲が消えてる。こりゃじきに止むよ！」

「でもどうやってペチカが無事に守られてきたのかしら。何年焚かれてきたのかしら」

「大事に守ってるのさ……！　そうでなきゃ、とっくの昔にみんな持っていかれてるよ。ほら、あそこがあの人のお決まりの席。ここで仕事をしてたのさ」番人は窓辺の机をあごで示した。

ラシャの敷物はほこりをかぶっていた。そこには大きなインクのしみがあり、わたしはなぜかそれから目が離せなかった。そばにふたつ、すり切れたひじかけ椅子が並んでいた。

「でも、心配じゃありません？　庭が泥棒にやられないかと思うと」

「しょうがないさ。りんごを一〇個とられたところで、どうってことはないよ。なにせチェーホフ旦那は、いつだって何も惜しんだりしなかったんだから……」

＊「一日目」「三日目」という小見出しは原文にはないが、翻訳の際、渡辺が補った。また、ロシア人の名前は、下の名前、父称、姓の三つの部分からなり、おなじ人物がいろいろな呼び方で呼ばれてわかりにくいので、できるだけ、おなじ呼び方に統一した。（　）内のポイントを落とした註は渡辺による。

使用した文献は、Y・アヴヂェーエフ『チェーホフのメーリホヴォで』モスクワの労働者社、一九八四年。

あとがき

書き終えて、チェーホフはなんと真摯に四四年の人生を生きたのだろうと、あらためて思う。

卒論で彼の作品を選んだのがきっかけでアカデミー版全集を読み始めた私だが、ふり返ってみれば、学んだことはほんとうに多い。ノンフィクション作家の柳田邦男氏が子息の自死に遭遇して、それまで「人間の生と死」をテーマに活動してきたことが「一種の予行演習」だったように思われた、と述べておられるが、私もまた、チェーホフを読むことで人生の予行演習をしてきたような気がする。

本書でもとりあげた掌篇『学生』のなかでチェーホフは、真実や美は、つねに人間の生活のうちにひそみ、時や空間を大きくこえて人の心をつないでいく、と書いている。彼が見えない読者にむけて送ったメッセージもまた、真実と美の鎖をつたって、現代に生きる私たちの心に響き、世界に生きる多くの人をつないでいるのではないだろうか。

ここで語ったのは、私が受けとめたチェーホフである。とりあげた作品も、「自由」と「共苦」という点で私が惹かれたものにかぎられている。初期のユーモア短篇や戯曲にはほとんどふれておらず、もっぱらまじめなチェーホフについて語った。作者自身のように美しいことばで思いを伝えることができないのは残念だが、もしも、この本からどなたかがチェーホフを読んでみようと思ってくださったなら、ほんとうにうれしいことである。

これまで私の研究を支えてくださったロシア・ソヴェート文学研究会の皆さん、そして未熟な私をいろいろな面で助けてくださった方々に、心からお礼申し上げたい。とりわけ、神戸大学名誉教授小野理子先生の励ましと援助、元人文書院の落合祥堯氏のお世話になることがなければ、本を書こうと思いつくことも、ここまで書きとおすこともできなかった。おかげで私自身、私のなかの「チェーホフさん」にはっきりお礼をいうことができ、くぎりをつけて新しい生活に向かうことができる。

二〇〇四年　六月

渡辺聡子

主な引用文献

チェーホフの作品はアカデミー版『チェーホフ全集　作品と書簡全三〇巻』一九七四―八三年（«А. П. Чехов Полное собрание сочинений и писем в тридцати томах» 1974-83）より引用。

チェーホフが求めた自由――奴隷から「ほんとうの人間」へ

①N・ギトーヴィチ編『チェーホフの人生と創作の年譜』国立文芸出版所、一九五五年（Н. Гитович «Летопись жизни и творчества А. П. Чехова» Государственное издательство художественной литературы, 1955）

②N・ギトーヴィチ、L・グローモヴァ・アプーリスカヤ編『チェーホフの人生と創作の年譜 一八六〇―一八八八年』遺産社、二〇〇〇年（Л. Громова-Опульская Н. Гитович «Летопись жизни и творчества А. П. Чехова 1860-1888» Наследие, 2000）

③『同時代人の回想におけるチェーホフ』国立文芸出版所、一九五四年（«Чехов в воспоминаниях современников» Государственное издательство художественных литературы, 1954）

④M・チェーホフ『チェーホフをめぐって』文芸社、一九八一年（M. Чехов «Вокруг Чехова» Художественная литература, 1981)
⑤M・チェーホヴァ『遠い過去から』国立文芸出版所、一九六〇年（邦訳 牧原純訳『兄・チェーホフの想い出』未来社、一九六八年）（M. Чехова «Из далекого прошлого» Государственное издательство художественных литературы, 1960)
⑥Y・アヴヂェーエフ『チェーホフのメーリホヴォで』モスクワの労働者社、一九八四年（Ю Авдеев «В Чеховском Мелихове» Московский рабочий, 1984)
⑦牧原純『チェーホフ巡礼』晩成書房、二〇〇三年

家庭とは——兄の結婚、妹のこと

①M・チェーホフ『チェーホフをめぐって』文芸社、一九八一年
②M・チェーホヴァ『遠い過去から』国立文芸出版所、一九六〇年
③『リヂヤ・アヴィーロヴァ　短篇と回想』ソヴェート・ロシア社、一九八四年（«Л. А. Авилова Рассказы. Воспоминания» Советская Россия, 1984)
④小野理子『ロシアの愛と苦悩』人文書院、一九九〇年

ユニークな女友だち——『三年』のラッスーヂナとクンダーソヴァ

①M・チェーホヴァ『遠い過去から』国立文芸出版所、一九六〇年
②E・ヂネルシュテイン『スィチン』書物社、一九八三年（E. Динерштейн «И. Д. Сытин»

Книга, 1983)
③V・マクラコーフ『思い出より』チェーホフ出版社、一九五四年（В. Маклаков «Из воспомининий» изд. им. Чехова, 1954）
④I・シャリヤーピナ『父の思い出』〈文学遺産〉一巻、一九五七年（И. Шаляпина «Воспоминия об отце» ‹Литературное наследство› т. 1, 1957）

囚人の島サハリンへ

①M・チェーホフ『チェーホフをめぐって』文芸社、一九八一年
②ノラ・バーロウ編（八杉龍一、江上生子訳）『ダーウィン自伝』筑摩書房、一九七二年
③佐々木基一『私のチェーホフ』講談社、一九九〇年
④『広津和郎全集』第九巻　中央公論社、一九七四年

メーリホヴォ村の変わった地主

①M・チェーホヴァ『遠い過去から』国立文芸出版所、一九六〇年
②Y・アヴヂェーエフ『チェーホフのメーリホヴォで』モスクワの労働者社、一九八四年
③『論集　メーリホヴォ』国立チェーホフ記念博物館「メーリホヴォ」出版所、一九九八年
（«Альманах Мелихово» Государственный литературно-мемориальный музей-заповедник А. П. Чехова ‹Мелихово›, 1998）

チェーホフとシモーヌ・ヴェーユ

①シモーヌ・ヴェーユ（田辺保・杉山毅訳）『神を待ちのぞむ』勁草書房、一九六七年
②シモーヌ・ヴェーユ（黒木義典・田辺保訳）『労働と人生についての省察』勁草書房、一九六七年
③シモーヌ・ヴェーユ（田辺保訳）『超自然的認識』勁草書房、一九七六年
④シモーヌ・ヴェーユ（冨原真弓訳）『カイエ４』みすず書房、一九九二年
⑤冨原真弓『ヴェーユ』清水書院、一九九二年

農民の世界から――『谷間』の無垢な娘

①野本貫一『庶民列伝』白水社、二〇〇〇年

貧しい農婦と使徒ペテロ――『学生』の母娘《ははこ》

①『同時代人の回想におけるチェーホフ』国立文芸出版所、一九五四年
②M・チェーホフ『チェーホフをめぐって』文芸社、一九八一年
③Barbara Evans Clements“Russia's Women”University of California Press, 1991

自由をめぐる三部作――『箱に入った男』『すぐり』『愛について』

①『レーニン全集』五巻「国内時評」、一九六〇年（«Ленин В. И. Полное собрание сичинений» т. 5, 1960)

②イワン・ブーニン（高山旭訳）『トルストイの解脱』冨山房、一九八六年

結婚——大きな人間

①『チェーホフ　妻との往復書簡』ザハーロフ、二〇〇三年（«Антон Павлович Чехов Переписка с женой» Захаров, 2003）
②『同時代人の回想におけるチェーホフ』国立文芸出版所、一九五四年
③『リヂヤ・アヴィーロヴァ　短篇と回想』ソヴェート・ロシア社、一九八四年
④『チェホビアナ　論文　資料　エッセー』ナウカ社、一九九〇年（«Чеховиана статьи, публикации, эссе» Наука, 1990）
⑤『チェホビアナ　『かもめ』の飛翔』ナウカ社、二〇〇一年（«Чеховиана Полет «Чайки»» Наука, 2001）
⑥M・チェーホヴァ『遠い過去から』国立文芸出版所、一九六〇年
⑦I・ブーニン『チェーホフのこと』チェーホフ出版社、一九五五年（И. Бунин «О Чехове» изд. им. Чехова, 1955）
⑧『コロレンコ作品集』三巻、文芸社、一九九〇年（«В. Г. Короленко Собрание сочинений в пяти томах» Художественная литература, 1990）

著者略歴

渡辺聡子（わたなべ・としこ）

1953年生まれ。京都大学文学部卒業後，定時制通信制高校で国語を教えながら，大阪外国語大学と同大学院でロシア文学を学ぶ。現在関西の諸大学で非常勤講師として働く。共著に『女たちの世界文学』松香堂，1991年。

チェーホフの世界
自由と共苦

二〇〇四年八月一日　初版第一刷印刷
二〇〇四年八月一〇日　初版第一刷発行

著者　渡辺聡子
発行者　渡辺睦久
発行所　人文書院
京都市伏見区竹田西内畑町九
電話〇七五・六〇三・一三四四
FAX〇七五・六〇三・一三一四
振替〇一〇〇〇・八・一一〇三

印刷　内外印刷株式会社
製本　坂井製本所

Printed in Japan
ISBN 4-409-14058-2 C1098

エルンスト・ルナン著　忽那錦吾・上村くにこ訳
イエスの生涯
四六判三一八頁
価格二〇〇〇円

エルンスト・ルナン著　忽那錦吾訳
パウロ——伝道のオディッセー
四六判四〇〇頁
価格二四〇〇円

友田和秀著
トーマス・マンと一九二〇年代
『魔の山』とその周辺
A5判二八八頁
価格三四〇〇円

上村くにこ著
失恋という幸福
U教授の『恋愛論』講義
四六判二八八頁
価格二四〇〇円

価格は二〇〇四年八月現在（税抜）